KB000240

# 건축의 신 5

반자개 장편 소설

초판 1쇄 찍은 날 | 2016년 10월 10일
초판 1쇄 펴낸 날 | 2016년 10월 17일

지은이 | 반자개
펴낸이 | 예경원

기획 | 위시북스
편집책임 | 박우진
편집 | 이즈플러스

펴낸곳 | 예원북스
등록번호 | 제396-2012-000132호
등록일자 | 2012. 7. 25
KFN | 제1-026호

주소 | 경기도 고양시 일산동구 호수로 646-24 위너스21 II 빌딩 206A호 (우)10401
전화 | 031-819-9431 팩스 | 031-817-9432
E-mail | yewonbooks@naver.com

ISBN 979-11-5845-415-9 04810
       979-11-5845-549-1 (set)

반자개 장편 소설

WISHBOOKS MODERN FANTASY STORY

# 건축의 신

**5**

Wish
Books

# CONTENTS

# 건축의 신

30장
애완동물이
있는 집(1)

흥분한 곽 이사가 물었다.

"저것도 끝나려면 아직 멀었는데, 또 물레방아를 만들자는 말입니까?"

"네, 그리고 이사님. 불편하니 말씀을 낮추시라고 말씀드렸습니다."

"크흠. 알았네. 그 생각은 민수 녀석 머리에서 나온 거겠지? 방금도 낙타가 불쌍하다고 쓸데없는 소릴 하더니."

손가락으로 나를 가리키며 방긋 웃었다.

"아닙니다. 이 녀석 머리에서 나온 겁니다."

민수를 보며 이를 뿌득뿌득 갈더니, 언제 그랬냐는 듯 나를 돌아보며 환하게 웃었다.

"역시 그러신 줄 알았…… 네. 민수 녀석이 이런 생각을 할 리가 없지. 큼."

급히 표정을 바꾸느라 얼굴이 찌그러져 있었다.

"하지만 이 정도만 해도 충분할 것 같은데. 더 할 필요까지야."

압둘은 호의에 답할 줄 아는 인간이었다.

하물며 낙타에게도 저리 지극정성인데.

눈앞의 곽 이사처럼 뒤통수로 되받아치는 약삭빠른 사람이 아니었다.

"더 해줘야 합니다. 해줄 수 있는 한 최대치로."

"굳이 시간을 낭비하면서 그렇게까지 할 필요가 있을까?"

'당신은 없을지 몰라도 저는 이유가 차고 넘칩니다.'

곽 이사와 길게 언쟁하고 싶지 않았다.

그가 납득할 만한 이유를 제시하면 될 터!

"이사님, 우리가 언제 또 압둘을 만나겠습니까?"

곽 이사는 뭔가를 말하려고 했다.

'시간이 없다고 닦달을 하겠지.'

"이사님, 지금 그의 환심을 사두면 차후 그룹의 일에도 많은 영향을 미칠 겁니다."

곽 이사는 '그룹이라니 무슨 말이냐'는 표정을 지었다.

"크게, 그리고 멀리 보셔야 합니다. 현재에서 하는 일 중에 석유와 관련되지 않은 사업이 얼마나 있습니까?"

"그야……!"

"현재 정유, 자동차, 조선, 중공업, 연관되지 않은 곳이 있습니까?"

"그건 건설과 상관이 없지 않나?"

"석유를 수입할 때, 자동차와 탱크선을 수출할 때 알리의 도움을 받는다면 어떻게 되겠습니까?"

쿠웨이트는 걸프 만에서 세 손가락에 꼽힐 정도로 부유한 나라였다.

단지 석유 하나 때문에.

"제가 밀어드린다고 했지요!"

곽 이사가 말없이 침을 꿀꺽 삼켰다.

"중동에서의 일은 모두 곽 이사님을 거치게 될 겁니다. 그게 단지 건설에만 국한되겠습니까?"

곽 이사의 눈에서 야욕의 불길이 일었다.

"꿀꺽!"

침 삼키는 소리가 내 귀에까지 들렸다.

곽 이사의 손을 잡았다.

"무슨 말인지 아시겠죠?"

그는 고개를 크게 끄덕였다.

사실 압둘의 호의가 절실히 필요한 것은 나였다.

지금까지 말한 그것들은 나를 통해서 현재로 흘러가야 한다.

결과적으로 '압둘의 호의'라는 수도꼭지를 쥐고 있는 것은 현재가 아니라, 나 김성훈이 될 것이다.

민수가 작업하고 있는 현장으로 갔다.

위잉.

마당에서 전동공구 돌아가는 소리가 들렸다.

아직 막 아침이 지난 시간임에도 햇빛은 강렬했다.

목재를 치수대로 잘라서 중문을 만드는 중이었다.

아무래도 모래바람과 열기를 막기 위해서는 두 역할을 모두 할 수 있는 뭔가를 찾기보다, 하나의 역할을 확실히 할 수 있는 것을 각각 설치하는 것이 나았다.

끼이잉.

목재를 자르는 소리가 강렬하게 내 귀를 때려왔다.

작업자들이 열심히 자재들을 나르고 재단한 것들은 필요한 위치로 운반하고 있었다.

모두 목장갑을 끼고 열심히 나르는 중이었다.

"민수야. 잘되어 가냐?"

"네, 이제 반쯤 재단했어요."

곽 이사도 얼른 한국으로 돌아가고 싶었는지 두 팔을 걷어붙인 채 일하고 있었다.

목재를 나르는 사람들에게 민수가 외쳤다.

"장갑 끼고 하세요. 손 다쳐요."

이런 일을 많이 하는 사람들이 아니라서 장갑을 끼는 데 익숙하지 않은 모습이었다.

"정말 위험하다고 장갑을 끼라고 해도 말을 잘 안 듣네요."

민수가 나를 보며 웃었다.

장갑이라는 말에 번뜩 떠오르는 아픈 기억이 있었다.

혹시나 하는 생각에 나무를 자르고 있는 사람을 봤다. 역시!

"민수야. 저 재단하는 사람, 아니, 절단공구 쓰는 사람들은 모두 목장갑 벗고 하라고 해."

"왜요?"

"넌 공장에서 일 안 해봤니?"

"아뇨. 해봤죠."

"흠, 장갑 항상 끼고 하니?"

"당연하죠. 목재 조각할 때 장갑 안 끼면 손등 엄청 찍혀요."

'넌 다른 영역에서 작업을 했구나. 조각이라니.'

무거운 짐을 나르거나 민수처럼 조각칼을 쥐고 일을 하게 되면 장갑을 끼는 것이 당연하다.

짐을 나르다가 찍히면 손의 뼈는 부러지지 않더라도 피부가 쓸려나가게 되니 당연히 장갑을 껴야 한다.

조각 또한 마찬가지다. 날카로운 칼날이 혈관까지 도달하지 않도록 막아주는 역할을 목장갑이 한다.

가장 저렴하고 간편한 안전장비 중의 하나가 장갑이었다.

그런데 왜 나는 장갑을 벗고 일을 하라고 하는가?

지난 삶에서의 일이었다.

나는 퇴근하기 직전, 가구 공장과 통화를 하고 있었다.

"공장장님! 다 안 실어도 되니까 되는 대로 실어서 보내세요."

공장장은 건성건성 알았다고 말했다.

"케파 안 되는 거 뻔히 아니까 다 되면 싣지 마시고 되는 대로 실어 보내세요. 알았죠."

"알았다니까 자꾸 그러네."

'케파'란 현장에서 많이 쓰는 외래어다.

'Capability'의 줄임말로 정해진 기간까지 생산할 수 있는 물량을 말한다.

생산할 능력이 안 된다고 하면 기분 나쁠 것 아닌가! 설령 그게 사실이라고 해도.

공장장의 말투로 보아 분명히 내일 아침 8시까지는 들어와야 할 물건이 제시간에 도착하지 못할 것 같았다.

그렇게 되면 불러놓은 인부들 인건비는 공중으로 날아가는 것이다.

현장관리인 내가 직접 공장으로 가서 트럭을 부르라고 쪼는 수밖에 없었다.

공장에서는 트럭을 부르는 것도 모두 경비로 나간다.

1톤 3대로 30만 원을 지불하느니 2.5톤 한 대로 15만 원을 지불하려고 한다는 말이다.

또한 2.5톤의 트럭이 훨씬 많은 물건을 적재할 수 있었다.

반면 현장에서는 20명을 불러놓고 한 시간 놀리면 그만큼의 비용이 사라진다.

시간당 돈을 주겠다고 불렀으니 지불해야 한다. 물건이 늦어졌으니 한 시간 더 해달라고 말할 수 없다.

그러나 영세한 공장들은 분명히 자신들이 약속을 지키지 않고도 사정을 봐달라고 한다.

자기 공장 15만 원을 아끼려고 내 현장에서 그 이상 날아간 것을 생각하지 않는다는 말이다.

'사정하면 될 거라고 생각하겠지? 그 욕은 내가 다 먹고?'

아무리 설득하고 말싸움해 봐야 내일 제시간에 공장에서 물건 안 보내면 아무 의미 없다.

'분명히 내일 아침에 한 시간만 기다리라고 할 거야. 거래 한두 번 해보나!'

지금 거래하는 공장의 케파로는 죽었다 깨나도 못 맞추는 걸 아니, 내일 아침 공장으로 출근하기로 마음먹었다.

다음 날 아침, 나는 공장장을 만날 수 없었다.

그는 병원에 가 있었다.

일단 공장의 물건을 실어 보내고 병원으로 향했다.

우리 회사의 일을 하다가 손가락이 잘린 사람이었다.

"미안해. 김 주임. 시간을 못 맞췄네."

마취가 덜 깬 얼굴로 내게 사과부터 했다.

'젠장!'

화를 낼 수도 없었다.

"손가락은요? 산재는 된대요?"

손가락 붙고 산재 되면 뭐하는가?

손가락은 제대로 안 움직일 거고 산재 되는 동안 놀아야 하는데.

그나마 손목이 아닌 것을 위로로 삼아야 했다.

다음 공장에서 누가 써줄 것 같은가?

자기 돈 나가는 것도 아니고 사장 돈을 아껴주기 위해서 자기 손가락을 날린 거다.

사장에게 욕 한마디 안 먹으려고 밤새서 일하다가 제 손가락 잘려나간 거다.

한마디로 바보 병신 짓한 거란 말이다.

나는 그에게 화낼 수 없었다.

"빨리 나아서 나오세요. 손가락 잘 붙길 바랄게요."

박하스 한 박스 놓고 병실을 나왔다.

전동공구를 다룰 때, 특히나 절단형 전동공구를 다룰 때는 절대로 장갑을 껴서는 안 된다.

왜 공장장이 그 꼴을 당했는지 나는 그간의 경험으로 알고 있었다.

자신이 재단을 해줘야 다음의 공정이 이어질 수 있었다.

재단하고 에지 붙이고 조립까지 해야 주방에 설치되는 가구 한 통이 나온다.

이 공정에서 내가 말하지 않은 것이 있다.

바로 운반이다.

재단기에서 에지 벤딩기까지 손으로 운반을 해야 한다.

재단기에서 바로 나온 PB*나 MDF**는 그 모서리가 날카롭다.

장갑 없이 운반을 하면 손이 베이고 긁히게 된다.

그리고 다시 장갑을 벗어야 하는데 그 시간이 아까웠던 것이다.

장갑을 꼈으니 톱날에도 덜 다치고 좋지 않냐고?

정말 그렇게 생각하는가?

1초에 100 이상을 회전하는 톱날에 장갑 한 올이 빨려 들어가면 순식간에 손목이 날아간다.

안전장치를 0.1초 만에 놓았다고 해도 이미 10회 이상 갈린 상태가 된다.

공장에서의 0.1초는 혈관이 찢어지고 뼈가 부서지기에 충분한 시간이었다.

공장장이 십 년 이상을 일하면서 그런 모습을 한 번도 안 봤을 것인가?

'설마 내가 그러겠어'라는 생각, 그리고 바쁜 와중에 잊어 버린 안전에 대한 해이가 그의 인생을 망쳐 버린 것이다.

아이러니하게도 큰 공장에서는 좀처럼 발생하지 않는 일 이다.

그곳에서의 단순 작업은 컴퓨터로 이루어진다.

NC가공이라고 한다. 'Numerical Control(수치 제어)'의 약자 이다.

말 그대로 기계에 수치를 입력하면 그 수치대로 가공하는 것을 말한다.

나중에는 CNC(Computer Numerical Control)가공으로 바뀌며 도 면만 집어넣으면 된다.

일반적으로 둘 다 NC가공으로 통틀어 칭한다.

기계에 도면 수치를 입력하고 자재를 공급하면 딱 조립할 수 있게 피스 구멍까지 뚫려서 나온다.

사람이 하는 일은 중간중간에 중간 단계 제품이 적재된 캐 리어를 잠시 밀어주는 것뿐이다.

지난 삶을 살면서 나는 공장장 일을 하시는 분을 많이 만 났었다.

그러나 손가락이 제대로 있으신 분은 열 분 중에 다섯 분도 안 되었던 걸로 기억한다.

'카미의 일을 하는데 사람이 다쳐서야 되겠어?'

끝맺음을 정말 잘하려면 중간 과정에 아무런 탈이 없어야 한다.

민수에게 말했다.

"저 사람은 전동공구를 다루고 있잖아."

"그게 왜요?"

"손목 날아간다. 너 기계한테 이길 자신 있냐?"

내 지난 삶의 이야기를 누구에게 들었다면서 말해줬다.

민수가 총알같이 뛰어가서 말했다.

"당신 장갑 벗고 하세요. 그리고 당신은 절대 운반하지 말고 재단만 하세요. 알았죠?"

엄포를 놓고 다시 돌아왔다.

"민수야. 이제 얼마나 남았어?"

"오늘 정도면 끝날 것 같아요."


집사가 서류가방을 들고 왕자에게 말했다.

"왕자님, 국왕께 업무보고를 가야 할 시간입니다."

카미와 함께 앉아 있던 왕자가 소파에서 일어났다.

"그래야지."

우리의 작업하는 모습을 보며 밖으로 나갔다.

"괜히 불러서 대접도 못 하고 고생만 시키는군."

집사에게 눈빛을 보냈다. 압둘 잘 설득하라고.

집사가 어깨를 으쓱했다.

"걱정 마십시오. 부디 만족할 만한 결과가 있기를 바랍니다."

카미도 걸어 나와 압둘을 배웅했다.

카미의 볼을 툭툭 치며 압둘이 말했다.

"잘 놀고 있어라. 내 형제여!"

"형 거기 제대로 잡으세요."

"됐지!"

민수가 망치질을 하며 말했다.

녀석도 그들의 헤어짐을 지켜봤던 모양이다.

"정말 친형제 같네요. 저러다 카미가 늙어 죽으면 어떡하죠?"

타당한 질문이지만 그건 그때 가서 고민할 문제다.

이미 죽어본 경험이 있는 나의 생각이니 거의 맞을 거다.

어차피 알고 있는 결과에 대해 고민하느니 딸내미 머리 한번 더 쓰다듬어 주는 게 낫다.

"살아 있는 동안 어떻게 행복하게 지낼지 고민해야지."

"그러게요. 나중 일은 나중에 감당해야죠."

"맞아. 뒷감당은 뒤에 감당하라고 뒷감당인 거지."

민수가 목수건으로 이마의 땀을 닦으며 일어섰다.

"후! 정말 이 나라는 가만히 망치질만 하는데도 땀이 나네요."

지금 시간에 일을 하는 사람은 우리밖에 없었다.

"에구, 곽 이사님. 열의에 차서 일 하시더니."

나를 보며 물었다.

"대체 무슨 말을 했기에 저러시는 거예요?"

피식 웃었다.

"뭐. 그냥 사람 사는 이야기지."

곽 이사는 골병들겠다고 그늘에 쓰러져 있고 나머지 사람들도 그늘에서 쉬고 있었다.

중동에서는 점심시간에 일을 안 한다. 능률 떨어진다나 뭐라나.

민수가 전원을 꽂았다.

위잉. 슈우욱.

바람이 쏟아져 내리는 소리가 들렸다.

"와! 시원하네요."

"모터 소리도 좀 들리기는 하지만 이 정도면 양호하네."

안으로 들어가던 뜨거운 기운이 차단되었다.

거실에 가동하던 에어컨들이 이제 제 역할을 하기 시작했다.

틀어도 틀어도 바깥의 열기를 감당하지 못하니 꺼버린 지 오래였던 에어컨이다.

다른 사람들이 밖에 있는 이유도 바깥보다 안쪽이 더 더웠기 때문이다.

거실의 커다란 창들이 온실 효과를 더했기 때문이다.


밖을 향해 소리쳤다.

"모두 안으로 들어오세요!"

곽 이사가 손을 절레절레 저었다.

"뭐 하러! 거기다 더 덥다구!"

덥다고 혀를 빼물고 나무 그늘에 도로 누웠다.

어깨를 으쓱하고 들어와 버렸다.

"그러시든가!"

내가 더운 것도 아닌데 내버려 두자. 생각해서 말을 해줘도 듣지를 않네!

다른 작업자들은 군소리 없이 들어왔다.

왕자의 손님들인 것을 아는 까닭이었다.


잠시 후 한 사람이 물었다.

"저기 손님! 에어컨 좀 끄면 안 되겠습니까?"

"왜요?"

그는 자기 팔뚝을 가리켰다.

닭살이 돋아 있었다.

"춥습니다."

에어커튼이 제대로 된 역할을 하고 있었다.

밖을 내다보니 여전히 곽 이사는 사우나에 있는 것처럼 연신 땀을 닦으며 그늘에 있었다.

그를 향해 손만 흔들었다.

무슨 뜻인지도 모르면서 손을 절레절레 젓더니 반대로 돌아 앉아버렸다.

'나하고 있는 게 그렇게 불편한가?'

"민수야. 이제 투명 매트만 달면 되지?"

"네, 거의 끝났네요."

해가 뉘엿뉘엿 질 때쯤, 현관문 관련 작업이 모두 끝났다.

"민수야. 이거 이 스케일 그대로 만들려고?"

"왜요? 문제 있어요? 형 큰 거 좋아하시잖아요."

내가 큰 걸 좋아하는 건 사실이다.

그동안 모든 모형을 크게 만들어 왔으니 말이다.

"야! 이건 좀 많이 큰데!"

결국 민수와 나는 물레방아를 장식용으로도 쓸 수 있도록 만들기로 했다.

처음에는 크기가 가늠이 되지 않았는데 대략 높이 1m 내외로 만들면 될 것 같았다.

압둘의 취향은 서구적이라고 했었다.

집에서 독특하게 눈에 튀는 그리고 한국적인 향취를 느끼게 하는 장식이 될 것이다.

"그 옆에 오두막도 하나 만들까요?"

"좋지. 정말 좋은 생각이야. 왕자의 집이니까, 손님도 많이 올 거야."

"그때마다 저게 뭐냐고 물어보겠죠. 하하."

민수는 생각만 해도 기분이 좋아지는 모양이었다.

난 민수가 만든다는 데는 절대 반대하지 않는다.

얼마나 아름다운 예술품이 나올까 기대가 될 뿐이지!

물론 압둘이 물레방아 혹은 수차를 모른다고 생각하지는 않는다.

깜짝 선물이 되면 좋겠지만 그렇지 않다고 해도 카미가 만족하면 된다.

전기 장치를 써서 물이 흐르는 것을 만들어도 될 것이다.

'그럼에도 굳이 이런 정취를 만드는 것은 내 작전에 필요하기 때문이지! 흐흐.'

이들이 이런 생각을 하지 못한 것은 무능해서가 아닐 것이다.

압둘은 업무에 바쁘고 고용인들은 수동적이기 때문이란

생각이 들었다.


판자에 선을 긋고 톱질을 했다.

지금 나와 민수는 물레방아에 필요한 자재들을 자르고 있었다.

"압둘은 항상 이걸 볼 때마다 우릴 떠올리게 될 거야."

"이게 뭔지 하는 궁금증도 생기겠죠."

내 얼굴에 미소가 번져 나왔다.

그게 바로 귀찮음을 불구하고 물레방아를 만드는 목적이니까!

"실제로 보고 싶지 않을까?"

"카미가 '궁금하다' 그러면 딱인데 말이죠."

아쉽지만 말 못 하는 카미가 그럴 리는 없을 것이다. 하지만 압둘의 집에 방문한 사람들은 '저게 뭐냐?'고 물을 것이다.

"적어도 10명 중에 한 명은 아주 궁금해하지 않을까?"

"글쎄요. 전 잘…… 스무 명 중에 하나는 몰라도."

모든 영업의 기본은 궁금하게 만드는 거다. 궁금하면 알아보게 된다.

'거기까지만 해도 어디야!'


한참 작업을 하고 있는데, 압둘의 리무진이 마당에 멈춰섰다.

압둘이 차에서 내렸다.

그 모습을 봤는지 카미가 벌떡 일어났다.

쿵쾅. 쿵쾅.

'이제 힘이 좀 났나 보구나. 하루 종일 누워 있더니.'

어느 정도 힘을 회복한 카미가 주인을 보고 뛰어나오는 소리였다.

압둘의 눈이 카미에게 향했다.

"아이구, 우리 까미. 엇!"

까미 앞을 가로막은 투명한 막에 압둘이 깜짝 놀랐다.

"저게 뭐야 우리 까미!"

부딪힐 거라 예상했던 모양이다.

압둘이 뛰어가며 다급히 손을 뻗었다.

"왕자님, 괜찮……."

내 말은 들리지도 않았던 모양이다.

"까미! 안 돼!"

오늘 아침에 다쳤는데 카미가 또 다치는 것을 볼 수 없다는 절박함이 느껴졌다.


쏴아악.

투명 막 갈라지는 소리가 나며 카미가 뛰어나왔다. 압둘은 이 상황을 이해하지 못한 듯 카미에게 물었다.

"안 다친 거냐? 카미."

카미가 대답 대신 압둘에게 얼굴을 비볐다. 압둘의 찡그렸던 얼굴이 환하게 펴졌다.

"이제 안 다쳐도 되는 거냐. 그런 거냐! 으하하."

카미가 대답이라도 하는 듯 긴 혀를 내밀어 압둘을 핥았다.

후루릅.

'크아악!'

순간 내 등에 소름이 쫙 돋았다.

내가 저래서 동물을 싫어했었지!

"으아. 소름 돋아."

"보기 좋은데요. 형."

몸을 부르르 떨며 대답했다.

"응. 정말 보기 좋네."

'저 스킨십만 없으면.'

압둘을 뒤따라 뛰어온 집사에게 물었다.

"왜 저러시는 거예요?"

집사가 민망한 표정을 지었다.

"어제 알리 왕자님 방문과 카미 일로 일정이 밀려 버린 터라 미처 말씀을 못 드렸습니다."

압둘이 물었다.

"성훈 군. 이게 어찌……."

압둘이 어리둥절한 표정으로 나를 쳐다봤다.

"모래바람이 너무 심해서요. 그걸로 막았어요. 투명 매트예요."

압둘의 이해가 부족한 것 같아 설명을 덧붙였다.

"고무 비슷한 거예요."

착착착.

매트가 다시 붙는 소리였다.

압둘의 표정을 보고 대답해 줬다.

"자석을 붙여놔서 그래요. 그래야 모래바람이 안 들어오죠."

압둘이 고개를 끄덕였다.

집사가 다가가서 그에게 속삭였다.

"왕자님, 체통을……."

"크흠!"

손을 막고 헛기침을 하며 압둘이 근엄한 표정을 지었다.

"고생들 했군! 카미를 대신해서 감사하네. 고마우이."

압둘이 카미의 어깨에 손을 얹으며 말했다.

"식사나 하면서 이야기나 나누세. 모두 들어오게나."

그는 안으로 들어갔다.

"민수야 자른 거 가지고 들어와라!"

들어가는 집사의 옆으로 따라 붙었다.

"그건 문제없는 거겠죠?"

몰딩의 기간 연장을 말하는 것이었다.

집사가 고개를 끄덕였다.

"네, 염려 마십시오. 주인님께는 카미보다 소중한 건 없으니까요."

그리고 고개를 숙였다.

"감사합니다. 주인님께서 저렇게 기뻐하시는 모습은 오랜만입니다. 얼른 들어오시지요."

"네, 알겠습니다."

식사가 끝나고 거실에 모여 앉았다.

"집이 아주 시원하군. 아내들과 아이들이 고맙다고 전해 달라 하더군."

아랍 문화에서는 남녀 구분이 엄격하여 아직 그의 아내들을 보지 못했다.

"그저 해야 할 일을 했을 뿐입니다. 카미가 아프지 않다면 그걸로 족합니다."

"그래, 집사에게 이야기는 들었네. 몰딩 디자인하는 데 시간이 필요하다고?"

"네, 그렇게 말했습니다."

우리가 처음 만들 몰딩에 대해서 말해주었다.

동서양의 문화를 합친 거라는 설명도 곁들였다.

"그렇다면 기다렸다가 제대로 받는 것이 좋겠군."

압둘은 순순히 수긍했다.

그리고 아까 식사 전에 민수가 들고 왔던 자재들에 대해서 질문을 던졌다.

"저건 뭘 만들던 잔해인가? 아직 공사가 덜 끝난 건가?"

"물레방아 아시죠?"

압둘이 집사에게 물었다. 모르는 듯했다.

"물레방아가 뭔가? 탈랄."

"물레방아란, 물을 이용해서 방아를 찧는 것을 말합니다."

집사의 아주 정석적인 답이 튀어나왔다.

도면을 왕자에게 넘겼다.

"백 마디 말보다 한 번 보는 게 낫겠죠."

그에게 건축적 지식이 없다는 것은 말이 안 되는 소리일 것이다.

"흐음."

그래도 이해가 덜 가는 모양이었다.

"원래 물레방아는 물의 흐름을 인공적인 동력으로 바꿔주기 위한 장치입니다."

농경 사회에서나 사용되는 것이니, 유목민족의 후손인 그로서는 금방 감이 오지 않았을 것이다.

거의 대부분의 중동 사회는 급격한 발전을 이룬 나라들이었다.

석유가 발견되기 전까지는 나라의 형태도 제대로 유지하

기 어려운 유목생활을 했었다.

더구나 쿠웨이트의 경우는 1899년부터 1961년에 이르기까지 영국의 지배하에 있었다.

그 뒤로도 1990년부터 1년 간 이라크에 점령을 당했었다.

제대로 된 나라로서 기능한지는 얼마 되지 않았다는 말이다.

왕자가 미국에 유학을 가 있다가 알리보다 일찍 돌아온 이유도 이라크 전쟁 때문이라고 들었다.

한참의 설명이 있은 후에야 왕자는 이해를 했다.

"그래서 이걸 어떻게 하려고?"

"이걸 수차처럼 이용해서 물을 끌어 올리고 그 물을 비스듬하게 경사진 곳에 흘려주면 물이 흐를 겁니다."

"그런데 그걸 왜?"

"카미가 흐르는 물만 먹는다는 이야기를 들어서요. 그렇죠. 탈랄?"

집사가 고개를 끄덕였다. 바로 말을 이었다.

"실패할 수도 있습니다. 그냥 자연의 시내를 좋아하는 걸수도 있으니까요."

압둘은 입을 꾹 다문 채 아무 말을 하지 못했다.

한참 후 압둘이 입을 열었다.

"그렇게까지 나와 카미를 생각해 주는 것인가?"

"그렇다기보다는……."

"왜 그러는 것인가?"

압둘은 꼭 그 이유를 알고 싶어 했다. 외국의 이방인이 자신을 생각해 주는 이유를!

'네 능력과 배경이 필요하다고 말할 수는 없잖아!'

이럴 경우 말로 때우는 게 최고다.

"왕자님, 이런 말씀드리기가 외람되오나, 원래 우리 한민족은 남이 힘들어가는 것을 그냥 넘기지 못합니다."

곽 이사가 나를 보고 뜨악했다.

'어떻게든 압둘을 이용해 먹으려는 인간의 입에서 저런 말이 나오다니!'라는 의미이리라.

'곽 이사님, 원래 당신이 해야 하는 말이라고. 사람이 연륜이 있지!'

압둘은 고개를 끄덕였다.

"그런가?"

"네, 그걸 우리 한민족은 정(情)이라고 합니다."

"그래도 이렇게까지 마음을 받아서야."

"왕자님, 그저 제 성의려니 하고 받아주세요. 실패할 수도 있으니, 너무 기대는 하지 마시고요."

압둘의 눈매가 붉어졌다.

"고마우이. 내 자네들의 정성 절대로 잊지 않겠네."

그러더니 두 팔을 걷어붙였다.

"나도 돕겠네!"

집사가 그를 만류했다.

"왕자님께서 나서지 않으셔도……."

"어허, 이 사람! 카미의 일이야!"

나도 당황했다.

'민수 정도의 실력이면 모를까? 칼질은 사람 벨 때나 해봤을 사람이!'

그러나 저렇게 나오는 압둘을 말릴 능력이 없었다.

가끔씩 일을 하다 보면 없느니만 못한 사람이 있다.

정작 일은 못하면서 요구만 많은 사람!

그것보다 더한 건 그 말을 안 들어줄 수 없는 사람!

그건 나이와 상관없고 지위와도 상관없다.

손은 안 따라주는데 열정만 가득하면 그게 바로 민폐다.

'제대로 만들 수 있을까?'

31장
애완동물이
있는 집(2)

우리는 물레방아를 만들고 있었다.

"형. 거기 흔들리지 않게 잡으세요."

위잉-

드릴이 돌아가는 소리가 들린다.

원래는 못을 박으려고 했지만 오랜 시간 사용하려면 피스를 박아주는 것이 결착력이 강하다.

부재와 부재를 좀 더 밀착시켜 주니까.

왕자가 말했다.

"흠, 성훈 군. 이거랑 똑같은 게 도면에 있더군. 맞지?"

당연한 말이었다. 돌림판 2개를 합쳐야 하나의 물레방아가 완성될 테니까.

고개를 끄덕였다.

"그럼 내가 그쪽 판 만드는 것을 돕기로 하지!"

'무슨 자신감이지? 드릴질이 쉬워 보이나?'

분명히 그렇게 보는 것 같았다.


'아! 안 되는데.'

솔직히 말리려고 했었다.

자재 수량을 그렇게 넉넉하게 만들지 않았다.

못을 박으면 장도리로 빼면 되지만, 피스는 그것과 다르다.

하지만 허락을 하기도 전에 왕자는 이미 결심을 굳힌 눈빛이었다.

아니, 이미 집사가 웃음을 머금고 드릴을 들고 있었다.

'아까는 말렸었잖아. 탈랄! 일관성을 유지하라고!'

왕자의 활기찬 모습에 그도 얼굴에 웃음이 끊이지 않았다.

그 자신도 만들고 싶었을지도 모른다.

카미도 옆에서 얼쩡거리고 있었다.

집에서는 거의 꼼짝도 하지 않고 자신과 이야기를 나누는 주인이 팔을 걷어붙인 것이 이상해 보이는 모양이었다.

압둘이 카미의 머리를 툭 치며 말했다.

"마! 내가 지금 네 물통 만들려고 하는 거야. 기쁘지?"

친우라고 하기는 뭐한 낙타지만 압둘은 카미가 멀리 나가지 않아도 되는 뭔가를 하는 것이 기쁜 모습이었다.

왕자에게 말했다.

"우리 만드는 거랑 대칭으로 만드셔야 해요. 도면 반대로요."

"걱정 마. 성훈. 도면 보는 건 내가 전문이야."

다행이라면 대뜸 드릴질부터 하는 것이 아니라, 도면과 나와 민수의 작업을 지켜보고 있다는 것이다.

'일단은 신중하네. 얼마나 잘하는지 볼까?'

보통의 사람들은 뭔가를 만들게 되면 만든다는 기쁨과 할 수 있다는 자신감에 대뜸 못부터 때려 박다가 뽑기를 되풀이한다.

그리고 거의 대부분은 첫 작품이 끝나 갈 즈음 걸레 조각을 완성하게 된다.

누구나 그런 경험 한 번쯤은 있지 않을까?

'부디 지금이 압둘의 첫 작품이 아니기를!'

압둘이 소리쳤다.

"곽 이사, 꿔다 논 보릿자루야? 거기서 뭐 해! 이리 와서 도와!"

우리가 끼워주지 않아서 포지션을 잡지 못하던 곽 이사는 압둘의 부름에 기쁘게 쫓아갔다.

압둘에게 잘 보일 절호의 기회가 아니던가?

"왕자님, 걱정 마십시오. 제가 드릴질은 전문입니다."

압둘의 눈에서 불똥이 튀었다.

"감히 어디서 드릴질을? 잡기나 제대로 잡아!"

압둘의 호통에 곽 이사의 어깨가 움츠려 들었다.

'우씨. 내가 현장 짬은 더 센데. 지금 이 나이에 시다바리나 하게 생겼냐?'

속으로 투덜대면서도 웃을 수밖에 없었다.

사회에서 통용되는 것은 오직 하나! 계급뿐이다.

"도면대로 맞지? 여기?"

압둘은 도면과 우리의 실물을 몇 번이나 확인을 하면서 자재들의 위치를 잡았다.

그의 우람하고 구릿빛 팔뚝이 드릴을 움켜잡았다.

"웃차!"

위잉.

삐긋!

"아얏!"

처음에 너무 힘을 준 탓에 피스는 옆으로 휘어지면서 옆에서 자재를 잡고 있던 곽 이사의 새끼손가락을 찔었다.

압둘이 말했다.

"어! 미안하네. 왜 그리 가까이 잡았어?"

나이 50의 곽 이사가 눈물을 글썽이며 새끼손가락을 입으로 물었다.

그리고 압둘을 원망의 눈으로 바라봤다.

뽁.

다행히도 입에서 나온 손가락에는 피는 나지 않고 작게 피멍이 들어 있었다.

곽 이사가 물었다.

"왕자님, 제가 하면 안 될까요?"

아까의 미안함은 어디로 사라졌는지 압둘이 근엄하게 말했다.

"처음이라 그런 거야! 점차 나아질 거야. 나를 믿게!"

처음이라는 말에 곽 이사의 얼굴은 더 파래졌지만 압둘은 신경 쓰지 않았다.

'젠장! 처음? 개뿔도 할 줄 모르는 것 같은데. 빼앗을 수도 없고. 내 손만 아작 나게 생겼네.'

해본 사람과 안 해본 사람의 차이는 누가 뭐래도 명백하다.

곽 이사가 성훈에게 눈짓했다.

성훈은 당연히 못 알아들었다. 일상 단어까지 영어로 말해 줄 정도로 압둘은 친절하지 않았다.

그가 뭔가 말하려고 했는데, 압둘의 기합 소리가 다시 들렸다.

"웃차!"

곽 이사는 자재를 잡는 데 신경을 곤두세워야만 했다.

성훈이 말했다.

"민수야. 파상풍 걸리면 어떻게 되냐?"

"글쎄요. 잘못 걸리면 골치 아프다던데."

"나 아는 사람은 밤새 안녕이더라고."

"진짜요?"

"진짜로 재수 없으면 말이야. 곽 이사님 괜찮으려나?"

"글쎄요. 찍힌 것도 아니고 드릴도 피스도 새 거니까 괜찮지 않을까요?"

"그러게 장갑이나 끼시지."

그 소리가 곽 이사의 귀로 쏙쏙 들어갔다.

한국말로 했으니 압둘이 알아들었을 리가 없다.

'그래도 죽을 수도 있는 병인데 내가 요즘 재수가 좋았던가?'

요 며칠 사이에 재수란 재수는 옴 붙은 거 같으니 으슬으슬 몸이 추워지는 느낌이었다.

압둘에게 사정했다.

"왕자님, 열심히 안 하셔도 됩니다. 그저 우리는 저 친구들 조금 도와주는 정도만 해도 된다니까요."

"어허! 제대로 잡으래도. 그래도 카미한테 이 형님이 반은 만들었다고 말해야 될 거 아닌가? 웃차!"

드릴질 하는데 웃차는 또 무슨 기합인가? 해머질 하는 것도 아니고!

압둘이 이마의 땀을 닦으며 자랑스레 말했다.

"크으. 어때. 나 만드는 데 소질이 있는 것 같지 않아?"

"역시 주인님은 못하시는 것이 없는 것 같습니다."

곽 이사도 맞장구를 쳤다.

"왕자님의 드릴질은 귀신같습니다. 다만."

"다만 뭐? 문제라도 있나? 곽 이사."

"제 손은 좀 피해서 박아주십시오."

"허허허. 이 사람. 엄살은. 사막의 사내들은 고통에 굴하지 않아."

곽 이사가 환하게 웃었다.

'저는 사막의 사내도 아니고 내 손도 나무판자가 아닙니다.'

곽 이사의 양손에는 현재의 미래를 위해 고통을 감내한 영광의 상처가 자리 잡고 있었다.

"왕자님께서 즐거우시다면야 이 곽 이사, 뭘 못 하겠습니까? 하하하."

"역시 내가 사람을 잘 봤어. 곽 이사의 그 마음 잊지 않겠네. 다시 잡아! 웃차."

손에 비트날이 박히면서 생각했다.

'돌아가기만 해봐라. 쿠웨이트 담당은 반드시 딴 놈을 시킬 거야!'


"민수야. 왕자, 완전 초짠데 믿을 수 있겠냐?"

"잘되고 있는 분위긴데요. 설마 왕잔데, 망치기야 하겠어요? 곽 이사님도 같이 계시잖아요."

그게 왕자랑 무슨 상관이냐!

"그래도 믿는 척은 해봐야겠지? 자재는 넉넉하지?"

"아뇨. 혹시 몰라서 한두 개는 더 만들어 뒀는데 저렇게 끼어들 줄은……."

왕자의 난입, 그 자체가 우리의 예상을 뛰어넘는 변수였다.

"좀 더 보다가 몇 번 오토바이 타면 드릴 빼앗아야 되겠다."

"크크크. 그 정도까지 가면 오늘 다 만드는 건 포기해야죠, 뭐."

민수는 설마 그런 일이야 있겠냐며 웃음을 보였다.

오토바이는 드릴질 하는 사람들끼리 쓰는 용어였다.

못 대신 박게 되는 피스(스크류 결착 나사)는 일반적으로 스텐 재질로 만들어진다.

그리고 그것을 박을 수 있게 드릴에 부착하는 공구를 비트(Bit)라고 부른다.

그 종류에는 십자 비트, 일자 비트, 드릴 비트, 이중 비트(사라 기리) 외에도 많은 종류가 있다.

당연하게 피스보다는 고강도의 금속인 탄소강 혹은 텅스텐강으로 만들어진다.

지난 삶의 경험상, 주로 국산보다는 일제나 독일제를 많이 사용한다.

정확하게 피스를 십자 홈에 끼운 상태로, 자신이 박고자 하는 위치에, 원하는 각도로 박아 넣어야 한다.

여기서 숙련공의 솜씨가 필요하다.

어설픈 사람이 드릴을 잡으면 피스 대가리의 홈이 모두 파여서 박지도 빼지도 못하는 상황이 벌어진다.

그렇다고 성급하게 장도리로 그것을 뽑았다가는 원자재가 박살 나는 참사가 벌어진다.

못처럼 일자로 박힌 것이 아니라, 스크류의 요철이 나무를 파고들었기 때문에 원자재를 뜯으면서 빠져나오기 때문이다.

자재를 버릴 용기가 없다면 울며 겨자 먹기로 박았던 반대 방향으로 돌려서 빼야 한다.

박힌 나사를 빼면서 진땀도 함께 빠진다.

그나마 대가리라도 나와 있으면 펜치로 꽉 쥐고 돌려 빼면 되지만, 자재에 쏙 들어가 박힌 경우에는 시작하기도 전에 욕부터 나온다.

잠시 후, 나는 내 스스로를 원망해야 했다.

'그래도 왕잔데, 그 정도는 하겠지!'라고 믿은 나를 말이다.


"아무래도 가봐야 되겠다."

"왜요?"

"안 들리냐? 오토바이 타는 소리?"

"엉. 정말 그러네요."

민수는 집중하느라 듣지 못한 모양이지만, 내 귀에는 자꾸 저 소리가 거슬렸다.

처음에는 소심하던 오토바이 소리가 이제는 따발총 쏘듯이 연발로 들리고 있었다.

압둘이 땀을 뻘뻘 흘리는 곳으로 가봤다.

드르르륵. 드르르륵.

소름이 끼치는 소리가 계속 나고 있었다.

사방 천지에 피스에서 갈려 나온 찌꺼기들이 널려 있었다.

오토바이를 탄 증거였다.

압둘이 물었다.

"성훈! 왜 그런 표정인가? 잘못되기라도 했나?"

으드득.

내 눈빛이 곽 이사를 원망했다.

'왜 이렇게 될 때까지!'

아무리 압둘에게 쓴소리를 하기 싫었어도 그렇지.

곽 이사는 있지도 않은 사막의 먼 산을 바라보았다.

한국어로 크게 말했다.

"이렇게 똥 싸질러 놓으면 누가 해결해요?"

아까 말한 '대칭'은 어디다가 팔아먹었는지 똑같은 면을 만들고 있었다.

그보다 더 열 받는 건, 지금까지 만든 한쪽 판의 4분의 일 정도가 허벌창이 나 있었다.

빼딱빼딱 제멋대로 박혀 있는 피스의 대가리였고 그나마도 그 대가리들은 자재 깊숙이 들어가 있다는 거 였다.

　왕자라는 타이틀에 어울리게 아주 빅 똥을 싸질렀다.

　곽 이사가 대꾸했다.

　"왜 뭘?"

　"대칭이잖아요."

　"그렇지. 그게 왜?"

　성훈이 가슴을 텅텅 쳤다.

　"우리랑 반대편을 만드셔야죠."

　그들은 우리 만드는 것과 똑같은 것을 만들고 있었다.

　압둘이 물었다.

　"왜? 뭐가 잘못되기라도 한 건가?"

　"제가 대칭이라고 말씀드렸잖아요."

　"아! 맞다. 깜빡했군. 미안하네."

　도면을 보다 보면 자주 하는 실수이기도 하다. 그럴 수도 있다고 인정한다.

　박은 피스를 뽑아서 다시 재조립하면 되니까!

　문제는 지금 상태가 '과연 뽑을 수 있는 상황일까?' 하는 의문이 든다는 점이었다.

　왕자는 태연하게 말을 이었다.

　"저기 남은 자재로 다시 만들지 뭐! 탈랄. 가져와!"

　그 말에 짜증이 부글부글 끓어올랐다.

"곽 이사님은 대체 뭘 하신 거예요?"

그는 대답 대신 손등을 들어보였다.

이만큼 고통을 당했으니 더 이상 말하지 말라는 의미였다.

군데군데 까져서 고통의 시간을 대변하고 있었다.

"내가 초짜들에게 너무 많은 것을 바랐군."

부드럽게 가야 할 시간이었다. 왕자에게 소리쳐 봐야 좋은 결과는 안 나올 것이고.

"왕자님! 아직은 드릴을 잡으실 때가 아니라 생각됩니다."

"그런가? 나는 점점 나아진다고 생각했는데."

드릴을 들어보였다.

겨우 50개나 박았을까 하는 시간에 드릴의 비트날이 완전히 망가져 있었다.

"민수야. 네 거 들고 와봐라."

민수의 것은 방금 산 새 것처럼 깨끗했다.

그들보다 두 배는 많은 양의 일을 했을 텐데도 말이다.


왕자 일행을 데리고 우리가 만들던 곳으로 갔다.

"민수야. 박아 봐!"

위잉. 척-

딱 맞는 힘 조절에, 피스 대가리는 더 들어가고 말고도 없이 정확히 목재와 면이 맞았다.

"보이시죠. 왕자님!"

때로는 백 마디 잔소리보다 한 번 보여주는 것이 낫다.

왕자가 고개를 끄덕였다.

"그렇게 하라는 말이지. 알았네."

그는 집사와 곽 이사를 불렀다.

"다시 해보자고."

'그 말이 아니잖아요. 왕자님아!'

의욕을 불태우는 왕자를 붙잡았다.

"제 말은 이렇게 될 때까지 연습을 하시라는 겁니다."

"엉? 어느 천 년에."

"점점 나아지신다면서요."

아까 했던 말이 있어서 그런지, 왕자는 마지못해 수긍을 했다.

"나아지시면 와서 검사받으세요. 카미의 물통이 구멍 숭숭 나서야 되겠습니까?"

"끙. 알았네. 그럼 바로 연습을 시작하지."

그가 다시 집사와 곽 이사를 부르려고 했다.

"그 사람 둘은 따로 해야 할 일이 있습니다."

둘은 내게 시선을 주었다.

둘을 보며 성훈이 웃었다.

"연습은 왕자님 혼자서 하실 겁니다."

그러면서 필요 없는 자투리 나무 조각을 압둘에게 쥐어주고 구석 자리로 밀었다.

"작업에 방해되면 안 되니까. 저기 구석에 가서서 연습하세요."

내키지 않는 표정이었지만, 그는 나무 판때기를 들고 구석을 향했다.

어깨가 처진 왕자의 뒤를 카미가 따라갔다.

"우리는 뭘 하라고?"

집사와 곽 이사가 물었다.

손으로 그들이 만들었던 작업물을 가리켰다.

"저거 보이시죠."

둘이 고개를 끄덕였다.

"원래대로 만들어 놓으세요."

집사와 곽 이사의 입이 딱 벌어졌다.


구석진 자리에서 왕자가 드릴 연습을 하고 있었고 그 옆에는 집사와 곽 이사가 진땀을 뻘뻘 흘리고 있었다.

둘은 드라이버를 피스에 대고 꾹 눌러가며 피스를 빼는 중이었다.

집사가 물었다.

"끙. 정녕 이 방법밖에 없는 겁니까? 이사님."

"끄으응! 난 내가 왜 사서 고생인지 의문입니다. 끙."

왕자가 드릴질을 하던 나무판대기를 획하니 집어 던지며 소리쳤다.

"곽 이사! 저게 1/4 스케일이라고 했나?"

"그런 걸로 알고 있습니다만……."

"탈랄!"

"네, 왕자님."

"자재 더 시켜. 최고급 수종으로! 그리고 우리 기술자들 불러!"

무슨 말인지 알아듣지 못한 집사가 눈만 뻐끔거렸다.

"나 압둘이 원래 스케일대로 만들어주지. 저런 장난감이 아니라!"

"네."

"지금 당장!"

"네, 왕자님."

집사가 드라이버를 놓고 전화기를 꺼내 들었다.

왕자는 몇 차례나 성훈 앞에서 시범을 보였지만, 그때마다 탈락 판정을 받았다.

'도대체 뭐가 문제라는 말인가? 왜 나만 맨날 오토바이를 타는가?'

왕자는 자신과 민수를 비교해 보았다.

'팔뚝? 내가 더 굵지, 손? 내가 더 크지. 힘? 내가 더 좋

지! 그런데 왜!'

알라를 원망할 수는 없었다.

'왜 저놈은 오토바이 한 번 안 타고 저리 깔끔하다는 말인가? 그렇다고 힘이 드는 것 같지 않은데.'

민수의 드릴은 피스를 갖다 대기만 하면 무슨 블랙홀이라도 되는 양 쏙 하고 빨려 들어갔다.

그리고 정확한 위치에서 정지한다.

면과 딱 맞는 피스 자국은 아름답기까지 했다.

피스는 연한 황금빛 자태를 그대로 드러내고 있었다.

압둘 자신의 패이고 깎여 나간 피스와는 차원이 달랐다.

인위적으로 박은 것이 아니라, 원래 그 자리에 존재했던 것처럼!

면접에서 최종 탈락을 선고받은 자처럼 다시 구석으로 돌아갔다.

왕자는 자신의 한계를 깨달았다.

'이 단순한 드릴질을 몇 시간이 지나도록 능숙하게 다루지 못한다는 말인가?'

힘 조절을 단계별로 할 수 있는 충전드릴이었다면 가능했을지도 모른다. 물론 그렇다고 해도 정확한 자세로 피스를 박지 않으면 피스가 갈리는 것을 막지 못한다.

민수가 물었다.

"왜 저렇게 힘들어 하실까요?"

"그러게! 저렇게 힘을 쓰는 건 무식한 짓인데 말이야!"

민수도 고개를 끄덕였다.

"정확한 자세로 몇 번만 돌려주면 그다음은 알아서 피스가 딸려 들어가는데 말이죠."

그렇다.

드릴질은 힘과 노력이 아니라 요령과 감으로 완성된다.

적당하게 스크류 홈을 타고 피스가 빨려 들어가면 그다음은 그 홈을 따라서 피스가 스스로 알아서 박힌다.

끝날 때 즈음, 살짝 방아쇠에 힘을 빼면 모터에서 '윙' 하고 전기 들어가는 미세한 소리만 내면서 멈춘다.

그걸 느껴 보지 못한 자는 평생 해도 안 된다.

중요한 것은 힘과 투지가 아니라, 정확함과 타이밍이었다.

"저렇게 힘으로 하려고 들면 밤을 새도 요령을 못 찾지."

"하지만 형은 알려줄 생각이 없으시죠?"

민수를 보며 웃었다.

"당연하지. 우리 손으로 완성해야 의미가 있지."

설령 그 요령을 안다고 해도 실제로 손의 감각이 그것을 익히는 데는 시간이 걸린다.

드디어 물레가 완성되었다.

이제는 물이 흘러가는 시내를 만들 차례였다.

그동안 박혔던 피스를 빼느라 기진맥진한 집사와 곽 이사는 누워서 숨만 헐떡거리고 있었다.

"아이고 복근 땡겨 죽겠습니다. 곽 이사님."

"말도 마십시오. 저는 팔뚝에 알통이 배겼습니다."

고통을 호소하며 꼼짝도 하지 않으려 했다.

피스를 뽑는 방법은 간단했다. 방법만 간단했다.

그러나 쉽지는 않았다. 고통스러웠다.

드라이버 반대편에 망치로 찍어서 강제적으로 피스에 '+' 자 홈통을 만든 다음, 온몸의 체중을 실어서 돌려야 하기 때문이다.

체중을 실으면 실을수록 잘 빠진다. 피스를 빼기 위해서는 전력으로 밀어야 하는 것이다.

노력의 결과는 1분에 1㎜ 정도!

그렇게 1㎝ 정도 대가리가 나오면 그때서야 펜치로 잡고 돌릴 수 있는 것이다.

처음에는 15분에 한 개 정도를 제거했지만, 그것도 숙련도가 있었으니, 나중에 5분에 1개 정도를 뺄 수 있었다.

50개의 피스를 빼기 위해 두 사람은 네 시간 이상을 그것에만 매달렸다.

그리고 내뱉은 말은 이거였다.

"아이고! 죽겠다."

상부 저수조와 하부 저수조를 설치하고 그 사이에 물이 흐르는 시내를 만들면 끝난다.

아까부터 드릴질은 못 하겠다며 판때기를 집어던지고 불퉁한 표정을 짓고 있던 왕자가 우리에게 접근했다.

그가 근엄하게 물었다.

"크흠, 이보게. 내가 도와줄 것은 없나?"

성훈이 말했다.

"저기 피스 좀 갖다 주세요."

"어험! 감히…… 탈랄!"

왕자는 집사를 불렀지만, 아무런 대답이 없었다.

저기 한구석에서 집사와 곽 이사가 혀를 빼물고 기절한 채 누워 있었다.

"그럼 이것 좀 들고 계실래요? 조금도 흔들리면 안 되는 것 알죠?"

왕자 체면에 심부름을 할 수는 없다는 자존심의 발로는 민수에게 눈을 돌리게 했다.

민수의 눈이 먼 산을 바라보자, 성훈이 말했다.

"여기서 도금이 벗겨지면 카미는 중금속에 오염된 물을 마셔야 할 거에요!"

눈짓으로 말했다.

'민수보다 드릴질 잘할 자신 있으면 하시든가!'

"크흠. 기다리게."

잠시 후 돌아왔다.

"이거면 되나?"

"아뇨. 그거 말고 38㎜짜리로 가져오세요. 아니 그냥 다 가져 오세요."

왕자가 모든 피스가 든 통을 들고 왔다.

성훈이 말했다.

"거기 꼼짝 말고 계세요. 어디 보자, 38㎜랑 28㎜를…… 이거면 되냐? 민수야."

"네."

민수가 피스를 받아 들었다.

윙. 척.

한 번의 오차도 없이 피스가 빨려 들어갔다.

왕자가 움직이려 하자 성훈이 말했다.

"어디 가세요. 거기 가만히 계세요. 이거 끝날 때까지요."

"크흠! 알았네."

"다음에는 16㎜ 피스가…… 왕자님! 조기 보이시죠?"

지금 성훈은 한쪽 어깨로는 경사판을 받치고 두 손은 그것을 쥐고 있기에 가리킬 수단이 없었다.

입술을 한쪽으로 몰았다.

왕자가 성훈이 가리킨 쪽을 바라봤다.

"네, 조오기."

압둘이 고개를 끄덕였다.

"그런데?"

"이 나무 색이랑 똑같은 색깔 스티커가 있을 거예요. 찾아오세요."

"왜?"

"어기 피스 위에다가 붙여야 하거든요. 그래야 물이 덜 들어가고 녹이 덜 슬죠."

"끙. 감히…… 탈랄."

여전히 탈랄은 깨어나지 못하고 있었다.

성훈이 말했다.

"죄송합니다. 제가 미처…… 카미야. 어디 가니?"

어두운 밤인데도 카미가 일어났다.

성훈의 부르는 소리에 슬쩍 한 번 돌아보더니, 밖으로 나가 버렸다.

"카미야. 미안해! 누구만 아니었으면 훨씬 빨리 끝낼 수 있었는데, 죄송합니다."

뜨끔한 표정의 압둘이 말했다.

"스티커 가지고 오라고 했었나?"

압둘이 스티커를 가지고 왔다.

성훈이 입술로 물레를 가리켰다.

"왕자님, 그걸 조오기 나뭇결에 맞춰서 붙여주세요."

"이익!"

"죄송합니다. 전 그저 카미가 중금속이 섞인 물을 좀 덜 마시게 하고 싶어서. 생각이 짧았습니다."

"카미를 위해서라니, 내가 좀 수고하지."

스티커를 들고 돌아서는 왕자에게 성훈이 말했다.

"하나도 빠지시면 안 됩니다. 아시죠? 왕자님!"

왕자의 숨죽인 신음 소리가 들려왔다.

퍽퍽.

"끄응. 왕자님."

두 사람의 신음 소리가 동시에 들렸다.

왕자가 으르렁거리며 말했다.

"일어나. 얼른!"

물레방아를 수차처럼 이용하여 물을 끌어 올리는 것은 간단하다.

그것이 기울임 판을 흘러가게 하는 것도 간단했다.

하지만 그렇게 되면 간헐적으로 물이 흘러내릴 수밖에 없고 카미는 물을 마시기 위해 기다려야 하는 것이다.

우리는 경사판의 상부와 하부에 저수통을 설치했다.

물레방아의 물은 상부의 저수조에 담기고 그 물이 넘치면 끊임없이 물이 흐르도록 장치를 했다.

그리고 하부의 저수조에도 끊임없이 물이 담기게 될 것

이다.

물레방아의 모터에 전원을 켰다.

압둘과 나머지 두 사람도 기대에 찬 눈빛을 보냈다.

'제발 잘되기를.'

거대한 수조에서 물레방아가 천천히 돌아가기 시작했다.

아주 천천히!

촤악.

물레방아에 설치된 두레박에서 물을 길어 올린다.

저수조의 높이랑 같은 위치에 두레박이 도착했을 때, 두레박이 뒤집혔다.

쏴아악.

상부 저수조에 물이 채워지기 시작했다.

다시 몇 번의 두레박이 뒤집어졌을 때, 상부 저수조의 물이 서서히 고이기 시작했다.

좀 더 시간이 흐르면서, 흘러넘치기 시작했다.

경사판을 타고 물이 주르륵 흘러내리기 시작했다.

흘러내린 물이 하부의 저수조에 고이는 모습이 보였다.

그렇게 물레방아가 몇 바퀴를 돌아갔을 때였다.

쪼로록.

드디어…….

하부의 저수조에서 물이 넘치기 시작했다.

계속해서 물 떨어져 내리는 소리가 들렸다.

저기 거실 한가운데 양탄자에 누워 있던 카미의 귀가 까딱 까딱거렸다.

'이게 무슨 소리지?' 하는 생각이 들었던 것 같다.

관록이 넘치는 얼굴로 고개를 치켜들고 좌우를 두리번거렸다.

소리가 나는 곳에 주인이 있다는 걸 발견했다.

왕자가 말했다.

"와, 성훈 군. 드디어 흘러내리기 시작하는군."

"그렇네요."

"카미 녀석이 맛있게 먹어줬으면 좋겠는데."

"저도 그랬으면 좋겠……."

왕자의 어깨 뒤로 카미의 얼굴이 쓰윽 하고 튀어나왔다.

카미는 저수조에서 흘러내리는 물을 후루룩 들이켜기 시작했다.

낙타는 한 번에 서 말의 물을 마신다고 했던가!

개처럼 물을 혀로 말아 올리는 것이 아니라, 머리를 하부 저수조에 처박고는 빨대로 빨듯이 물을 빨아들였다.

저수조의 물이 줄어드는 것이 보였다. 곧 채워지기는 했지만!

30L의 물이 바닥을 보이자, 카미는 고개를 들었다.

입술을 옴죽거리며 긴 혀로 입가를 훑었다.

"맛있다는 것 같은데요. 왕자님!"

왕자의 얼굴이 태양처럼 밝아졌다.

"카미……."

카미는 눈을 감고 물맛을 음미하듯 쩝쩝거리더니, 왕자의 말이 채 끝나기도 전에 다시 물통에 입을 박았다.

왕자가 눈물을 글썽이며 카미의 등을 쓰다듬었다.

그리고 우리를 향해 엄지를 척 들었다.

그런 그에게 묵례를 하며 민수의 어깨를 쥐고 흔들었다.

"고생했다. 민수야."

민수도 흐뭇하게 웃었다.

"제가 고생한 게 있나요. 저분들이……."

민수가 가리키는 곳에는 스티커를 다 붙이고 기운을 소진한 채, 구석에 앉아 있는 집사와 곽 이사가 보였다.

압둘이 내 옆으로 다가와서 물었다.

"성훈 군. 이런 게 한국에는 많이 있나?"

차, 비행기, 심지어 요트까지 없는 것이 없을 압둘이었다.

움직인다는 것에 흥미를 느낄 만한 나이는 아니지만, 이런 고풍스러운 동력원은 처음인 모양이었다.

물론 이건 전기로 움직이는 수차에 불과했지만 말이다.

압둘은 이것의 출발점이 물레방아라는 말을 들었고 이런 것이 천수백 년 전부터 존재했다는 것에는 흥미를 느낀 모양이었다.

"지금이야 공업사회가 되면서 많이 사라졌지만, 아직도

많이 남아 있습니다.”

“자네는 어떻게 그렇게 잘 아나?”

“제 외갓집이 있던 동네에도 몇 개 있었습니다.”

아주 어릴 적, 외갓집을 방문했을 때 본 적이 있었다.

물론 정미소가 생기면서, 완전히 기능을 잃어 촌동네 처녀 총각의 약속 장소로만 쓰였지만 말이다.

수동 양수기를 사용해 본 세대라면 기억할 수도 있지 않을까?

물을 한 바가지 넣고 펌프질 하듯이 손잡이를 위아래로 왕복하면 기적처럼 물이 나왔던 그 양수기 말이다.

“엉? 저런 게 그렇게 많아?”

“그렇지 않겠습니까? 우리나라는 논농사가 위주였으니, 동네마다 하나씩은 있었다고 봐야겠지요.”

“흠…… 아직도 남아 있다는 말이지?”

“여전히 남아 있는 곳이 있는 것으로 알고 있습니다.”

“재미있는 나라일세. 자원은 하나도 없고 자동차나 반도체를 파는 나라인 줄 알았더니.”

“아직도 한국에서는 농사를 짓는 인구가 많지요.”

“농업과 공업이 동시에 발전한 나라라. 재미있는 곳이군.”

압둘에게 말했다.

“언제 시간이 되신다면 들러주십시오. 제가 직접 안내해 드리겠습니다.”

그의 복잡한 취향을 만족시킬 몰딩을 위해서라도, 그의 방문은 꼭 필요했다.

여행을 하다보면 눈을 사로잡는 것이 생길 것이고 그것은 곧 취향으로 연결된다.

해가 슬쩍 얼굴을 내미는 시간이었다.

부릉부릉.

거대한 트럭이 들어오는 소리가 들렸다.

"왕자님! 이게 뭡니까?"

내가 말을 하는 사이에도 트럭들이 줄줄이 이어 들어왔다.

그리고 목재공장에서나 볼 법한 기계들을 실은 차들도 들어왔다.

'목재소라도 차릴 셈인가!'

왕자가 두 팔을 벌리며 말했다.

"샘플을 만들어 봤으니, 이제 본 제품을 만들어야지!"

결의에 넘치는 압둘을 보며 민수와 내가 입을 떡하니 벌렸다.

'이게 완성본이라고 왕자님아! 샘플은 무슨!'

"왕자님, 얼마나 크게 만드시려고……."

압둘은 내 말에 다른 질문을 던졌다.

"실제와 똑같은 크기로 만들어 보려고 하네. 그런데 성훈. 물레방아 옆에 있던 집은 뭔가?"

'집도 엄청나게 크더니, 큰 거 되게 좋아하네.'

그의 관심은 온통 물레방아에 쏠려 있었다.

"방앗간입니다. 오두막이죠."

"안 만든 이유는 뭔가?"

원래 압둘의 흥미를 끌 것 같아서 만들려고 했는데, 장식의 의미 외에는 효용이 약할 것 같았다.

높이 1m밖에 안 되는 집을 지어서 뭘 하겠는가?

쓸모가 없었다. 압둘의 아이들이나 들어가서 놀면 몰라도.

"낭만적일 것 같아서 그리긴 했는데, 별로 필요 없을 것 같아서요."

압둘의 생각은 나와 달랐던 모양이다.

"난 그걸 짓고 싶다네. 도와주겠지?"

"그걸 왜 지으시려고요? 누가 살지도 않을 건데."

"곰곰이 생각해 보니 까미도 제 방이 있어야 하겠더라고."

듣고 보니 타당한 생각이었다. 개도 개집이 있듯이 말이다.

쿠웨이트 한복판에 방앗간이라.

'용도는 그 용도가 아니겠지만, 재미있지 않을까? 까미가 말년 복이 트였네.'

"전무님. 아무래도 시간이 더 필요할 것 같습니다."

―뭐라고! 아직도 쿠웨이트라고? 난 벌써 오고 있는 줄 알았는데.

"그게…… 지금은 뭐라고 말씀하셔도 움직일 수가 없는 상황입니다."

―무슨 소리야? 거기서 해야 할 일은 다 끝났잖아. 알리 왕자도 우리 쪽으로 설계 건을 넘긴다고 했고.

곽 이사는 황 전무에게 압둘이 물레방아를 만들 계획이라는 이야기를 전했다.

―하이고. 압둘은 농사라도 지을 셈인가? 어쨌거나 끝나는 대로 바로 데리고 와.

"알겠습니다. 전무님."

―그리고 아마 가까운 시일 내로 부사장 쪽에서 움직임이 있을 거야.

"왜 말입니까? 몰딩값은 더 올랐지 않습니까?"

―그건 그거고 압둘이 우리 쪽과 연결되는 것이 싫은 거지. 자네가 부사장 쪽 사람들을 만나서 좋을 일은 없지 않나?

"알겠습니다. 지금 급해서. 다시 연락하겠습니다."

밖에서 성훈이 곽 이사를 보며 손짓하고 있었다.

위이잉-

지게차들이 시끄러운 굉음을 내며 부지런히 움직였다.

왕자의 지휘 아래, 빠르게 마당은 목재소로 변해갔다.

기계들이 제자리에 놓여진다.

그 옆으로 기술자들이 붙어서, 기계들의 수평을 잡고 전기 배선을 하고 있었다.

해 뜰 녘에 시작된 기계의 설치는 정오가 되어서야 끝이 났다.

"정말 굉장한 규모네요. 스케일이 달라요."

"그러게 말이다. 이게 왕자의 품격인가?"

민수도 나와 생각이 비슷했던 모양이다.

"단지 돈이 많으니, 뭘 해도 하겠지라는 생각은 했지만. 추진력 하나는 끝내주네요."

민수가 나를 보며 엄지를 치켜들었다.

사실 무시하는 마음도 없지 않았다.

중동의 여러 나라가 분쟁을 겪으며 제대로 된 교육을 받지 못했을 테니. 그리고 여성과 평민에 대한 차별은 더더욱 내 편견을 부채질했었다.

"나도 그런 생각은 했지만, 이 추진력은 그런 제도에서 나오는 것일 테지."

"정말 마음먹고 복지를 생각하고 나라 발전을 생각한다면 어마어마한 발전을 하겠네요."

역사에 'If'란 무의미한 단어겠지만, 부정부패에 지도층이 물들지만 않는다면 이 나라는 무궁한 발전이 가능할 것이다.

"제대로 된 지도자가 나타난다면 그렇겠지."

기계를 설치하는 동안, 나는 왕자의 협조 요청에 기술자들과 도면을 보며 협의하고 있었다.

"아무것도 아닌 일이었는데, 이렇게 스케일이 커지니, 이것도 공사 같네요."

지극히 개인적인 일에 이렇게 기술자들을 불러도 되느냐는 말이었는데, 왕자는 별로 개의치 않는 듯했다.

"왕가의 일이 곧 나라의 일이지."

"하긴 건설 자체가 이 나라에서는 국책사업이죠."

압둘이 고개를 끄덕였다.

우리나라 같으면 상상도 못 하는 일이었지만, 이곳에서는 너무나 당연한 일이었다.

건설부 장관이 자기 집에 정원을 손보겠다고 작업자들 불렀다가는, 당장 옷을 벗어야 할 것이다.

상식이 비상식인 곳, 이곳은 나의 상식이 통하지 않았다.

기술자들은 간단한 구조의 물레방아를 금방 이해했고 왕자의 말마따나 '샘플'도 있었으니, 금세 왕자의 스케일에 맞는 도면을 새로 만들어냈다.

그런 와중에도 카미는 몇 번이나 물레방아를 방문했고 왕자에게 몸을 비비며 어리광을 부려댔다.


정오쯤 되었을 시간이었다.

"이 사람들, 지금 뭐하는 거냐?"

아직 일이 다 끝나지도 않았는데, 사람들이 일손을 놓고 하나둘 마당에 모이기 시작했다.

그리고 옷을 툭툭 털며 의복을 정제하더니. 마당에 자리를 깔고 한 방향으로 무릎을 꿇기 시작했다.

민수는 자세히 알지 못하는 모양이었고 곽 이사가 답을 주었다.

"살라트라네, 예배하는 거지."

"일을 하다가 말고요?"

"무슬림들에게는 삶보다 더 중요한 것이 예배라네."

민수도 생각이 난 듯, 설명을 덧붙였다.

"이슬람에는 다섯 가지 종교적 의무가 있다네요."

신앙고백(샤하다), 기도(살라트), 단식(사움), 자선(자카트), 메카 순례(하즈)가 그것이다.

이 중에서 살라트는 하루 다섯 번의 개인 예배를 뜻하는데, 일출, 정오, 오후, 일몰, 심야가 정해진 시간이었다.

가능하다면 모스크에 모여 거행하는 것이 좋다고 하지만,

그렇지 못한 경우는 메카의 카바신전을 향해 절을 한다.

그들에게는 무엇보다 소중한 의무였다.

그들의 모습을 보며 고개를 끄덕였다.

사람에게 목숨보다 중요한 것이 있고 그것이 곧 신앙이지 않을까?

어떤 사람에게는 돈이, 어떤 이에게는 자식이, 나 같은 사람에게는 목표가 곧 신앙일 것이다.

나와 다르다고 해서 세뇌이니, 맹목적이니 비난하거나 깎아내릴 이유는 없었다.

'이것도 이 사람들의 문화겠지.'

계속 띄엄띄엄 차들이 들어왔다.

앉아 있는 사람들 뒤로, 또 하나의 트럭이 들어왔다.

나무를 가득 실은 차였다.

탕.

트럭기사는 뛰듯이 운전석에서 내려 차문을 닫았다.

예배가 시작되지 않았음에 안도하며 다급하게 트럭의 짐칸을 풀기 시작했다.

'급한 일이라도 있는 것인가?'

이제 막 나무를 고정시켰던 바를 풀고 있었다.

"이보게. 나얀!"

사장이 트럭 기사를 다급하게 불렀다.

"왜 이렇게 늦었나?"

"오다가 고장이 나서 늦었습니다."

"얼른 이리 오게! 살라트 시간이야."

바를 풀다 말고 기사가 말했다.

"이것만 내리고 가면 안 될까요?"

"지금 왕자님이 예배 준비하시는 거 안 보이는가?"

나무를 내리려고 지게차까지 도착을 했는데, 사장의 부름에 안 갈 수도 없고 지게차 기사를 향해 양해를 구했다.

"예배 끝나고 내려도 될까요?"

지게차 기사도 그의 상황을 이해한 모양이었다.

"그러시죠. 이제 곧 살라트 시간이니까요."

그도 지게차를 사람들에게 방해되지 않게 한쪽으로 세워두고 옷을 털며 자리에 앉았다.

우리는 이방인이라 거실에서 그들의 모습을 보고 있었다.

방해되기 싫었고 그렇다고 따라 할 수도 없지 않은가?

"엇. 저거."

민수는 보지 못했던 모양이다.

"뭐요? 뭐 잘못됐어요?"

"마지막에 들어온 트럭 말이야. 바를 풀다가 가버리네."

"급하니까 그렇겠죠."

"그렇다고 일머리 단속도 제대로 안 하고 가버리냐?"

내 현장이 아니니 뭐라고 할 수는 없었지만, 마음에 들지 않았다.

"왜요?"

"당장 물건을 내릴 게 아니면 바를 풀지 말든가, 바를 풀었으면 짐을 내려야지. 저게 뭐냐?"

"이 사람들 성격이 원래 그런가 보죠. 무슨 일이 있기야 하겠어요."

그러나 나는 가만히 있을 수 없었다.

"저거 치워놓고 하라고 해야지."

곽 이사가 나를 말렸다.

"안 된다네."

"왜요?"

뜻하지 않은 제지에 나의 목소리가 올라갔다.

"벌써 시작했다네."

지게차를 바라보니, 다행히도 목재 트럭에서 비켜서서 옆에 지게차를 세우고 있었다.

"괜찮겠죠. 저렇게 치워놨으니, 무슨 일이야 있겠어요?"

민수가 내게 아무 일 없을 거라며 말하고는, 다시 압둘에게 눈을 돌렸다.

마음에 들지 않는 것이 한두 개가 아니었지만, 내 평생 처음 보는 살라트가 시작되고 있었다.

다시 그곳으로 관심이 집중되었다.

'이 사람들은 이런 걸 매일 다섯 번 이상 한단 말이야?'

압둘이 양손을 앞으로 들어 올리며 아랍어로 '알라'라 말하고 있었다.

왕자는 제일 앞쪽에서 예배를 인도하고 있었는데, 기독교나 천주교와는 상당히 다른 모습이었다.

"압둘이 신부 역할을 하는 건가요?"

"예배 인도를 하는 사람을 '이맘'이라고 한다네."

예배의 사회자 역할을 이맘이 한다고 했다. 이맘은 어떤 직책이 아니라 상황에 따라서 달라지는데, 분파에 따라서 그냥 사회자 역할만 하든지(수니파), 준예언자의 의미(시아파의 일부)를 갖기도 했다.

"그럼 신부 같은 종교지도자가 없는 겁니까?"

뿌리가 천주교와 같아서, 난 솔직히 비슷한 모습인 줄 알고 있었는데, 그 형식은 전혀 달랐다.

"이슬람에는 사제가 없다네. 모두 평등하다는 거지."

곽 이사의 설명에 어이가 없어서 웃었다.

"허. 왕족을 보면 별로 평등해 보이지 않습니다만."

"적어도 신 앞에서는 평등하다는 거겠지."

"그게 무슨……."

"종교적인 문제라고 한다면 평민이 왕에게 '이건 이슬람에 저촉된다'라고 비판할 수 있다네."

"물론 여자는 안 되겠죠?"

곽 이사는 대답할 말이 궁했던 모양이다.

"그건 나도 잘 모르겠네."

어쨌든, 아주 독특한 광경을 보는 느낌이었다.

지극히 이슬람 냄새가 나는 광경이었다.

요일을 정해놓고 모이기도 하겠지만, 이렇게 종교가 생활인 곳은 처음이었다.

'정신적 자유 대신, 영혼의 평온을 택한 것인가?'

종교적이라고 해서 광기, 그런 것이 생각나기보다는 마음이 평온해졌다.

'내가 누군가에게 예배를 하거나, 경건했던 적이 있던가?'

짧았지만, 내 스스로를 돌아보게 하는 좋은 시간이었다.


그런 평온함 가운데, 마음의 평정을 깨는 것이 있었다.

'그래도 저건 좀 채비가 잘못되었는데.'

채비, 단속, 혹은 현장에서 나이 많은 분들은 '단도리'라고도 한다. 일본어 표현이다.

일에서 가장 중요한 것은 시작과 끝맺음이다.

시작이 잘못되면 방향이 엉뚱하게 흘러가고 끝맺음이 어

설프면 끝나지 않은 일이 되어버리기 일쑤였다.

일을 쉬는 중간에도 일의 단속을 잘 해둬야 불의의 사고를 미연에 방지할 수 있다.

내 신경을 자꾸 거슬리게 하는 것은 나무를 싣고 온 트럭이었다.

목재를 완전히 결착시키지도, 그렇다고 완전히 내려 버리지도 않는 그 트럭 말이다.

그리고 결정적으로 지게차 기사는 예배가 끝나고 바로 물건을 내릴 요량이었는지, 바로 근처에서 무릎을 꿇고 경배를 하고 있었다.

'아무 일도 없으면 좋겠는데……'

왕자의 경배를 따라, 다른 사람들의 경배가 몇 번이나 이어졌다.

예배는 순조로웠고 거의 끝날 때였다.

'끼익' 하는 소리가 들렸다.

그 앞에서 경배를 하고 있던 지게차 기사는 의문의 소리에 고개를 돌렸다.

두께 10㎝의 굵은 나무 더미들이 그를 덮쳤다.

꿍음이 들렸다.

쿵. 쾅. 쿠당탕.

"으아악!"

그는 느닷없이 덮쳐오는 나무에 비명을 질렀다.

예배는 엉망이 되었고 사람들이 우르르 그 장소로 몰려들었다.

거실에 있던 우리 셋도 다급하게 밖으로 뛰어나왔다.

사람들이 몰려들어 나무를 들어 올리고 있었지만, 사람들의 힘만으로는 역부족이었다.

압둘이 주름 잡힌 미간을 하고 고함을 질렀다.

"어찌 이런! 얼른 들어내게나!"

순식간에 아수라장이 되어서, 사람들은 정신이 없었다.

옆에서 뛰어가던 집사에게 물었다.

"지게차 운전할 줄 아는 사람 더 없어요? 탈랄?"

"다른 사람들은 모두 돌아갔습니다. 저 사람이 마지막으로 남은 사람이었죠."

사람들이 힘을 합해 나무들을 치우고 있었다.

깔린 사람의 비명 소리가 들려왔다.

"으아아악!"

32장
애완동물이
있는 집(3)

급박한 비명 소리를 들으며 지게차로 뛰어갔다.

도착과 동시에 점프하며 운전석에 착지했다.

키는 꽂혀 있었다.

'다행이야.'

운전석에 자리를 잡으며 바로 시동을 걸었다.

부릉 부릉.

'다 똑같을 거야.'

예전의 경험을 되살리며 클러치를 밟고 운전석 옆의 레버를 앞으로 척 밀었다.

지게차는 전진 아니면 중립, 후진이었다.

액셀러레이터를 밟았다.

지게차는 회전반경이 지극히 좁기 때문에 일반 차량과 같이 생각해서는 사고가 나기 십상이다.

지게차 종류는 속도가 위주가 아닌, 작업에 효율성을 두고 있기 때문에 뒤쪽의 바퀴가 움직인다.

회전 시 빙 크게 도는 것이 아니라, 제자리에서 휙휙 돌아가 버린다.

솔직히 지게차의 기능에 대해서는 공부해 본 적 없었다. 운전법만 배웠을 뿐이었다.

알고 있는 것은 뒷바퀴가 움직이고 그 바퀴의 각도가 아주 많이 꺾인다는 것.

'지금 찬밥 더운밥 따질 때가 아니잖아. 사람 목숨이 달렸는데.'

지게차를 몰아 사고 현장으로 달렸다.

빠아앙!

부릉부릉!

경적 소리가 아수라장이 된 마당을 뒤흔들었다.

사람들이 놀라서 지게차를 바라보았다.

"엇!"

처음 보는 외국인이 지게차를 돌리며 경적을 울리고 있었다.

운전석에 앉은 손을 좌우로 흔들며 그가 소리쳤다.

"비켜!"

도무지 무슨 소리인지는 알아들을 수 없지만, 대부분의 사람은 직관적으로 알아들을 수 있었다.

부산하게 모여서 힘을 쓰던 사람들이 모두 현장에서 뒤로 도망치듯 물러났다.

"크아악. 살려줘!"

비명 소리가 울려 퍼졌다.

사람들이 물러남과 동시에 지게차가 굉음을 울리며 쓰러져 있던 나무로 달려들었다.

부릉. 부릉.

그는 최단거리로 회전을 끝내면서, 포크를 앞으로 젖혔다.

척.

투사를 앞둔 황소처럼 저돌적으로 나무더미를 향해 덤벼들었다.

콘크리트 바닥과 포크 날이 마찰하면서 불꽃이 일었다.

카가가각!

나무를 밀어버릴 셈인가? 그럼 깔려 죽을 텐데?

달려드는 지게차는 사슴벌레의 뿔처럼 포크를 좌우로 움직이고 있었다.

뭔가의 폭을 조절하는 듯했다.

얼음판을 미끄러지듯, 지게차는 앞으로 돌진해서 깔린 사람의 허리 양쪽으로 정확히 포크를 끼워 넣었다.

겨우 10㎝ 정도의 틈새를 정확히 파고들더니, 안으로 집어넣었다.

끼기기긱.

다시금 불꽃이 일어났다.

"으윽!"

깔린 사람의 목에서 신음이 배어 나왔지만, 고통의 비명은 아니었다.

그를 깔고 있던 나무가 순간적으로 들어 올려지면서 고통에서 해방되었고 고통과 신음의 한숨이 튀어나왔다.

왜 더 들어가지 않는 것인가?

지게차는 겨우 50㎝ 정도를 전진하고는 더 들어가지 않았다.

답답한 압둘이 소리 질렀다.

"뭐하나? 성훈?"

대신 다시 엔진의 굉음이 들었다.

성훈이 소리쳤다.

"더 들어가면 다리가 갈려요! 여기서 들어 올릴 테니, 저 사람 빼내세요."

압둘이 앞장서며 사람들에게 명령했다.

"얼른 빼내라!"

차의 돌진에 뒤로 물러났던 사람들이 다시 뛰어들었다.

한시가 급한 상황이었다.


압둘이 지게차를 향해 고함을 질렀다.

"성훈! 더 올려 봐!"

부릉. 부릉.

이미 성훈은 포크를 위로 올리고 있었다.

그러나 깔려 있는 나무의 무게를 감당할 수 없었다.

하나씩 걸려 있었다면 모르겠으나, 그 위로 깔린 나무가 너무 많았다.

사람들이 올라가서 나무를 치우려 했지만, 안타깝게도 역부족이었다.

엔진부의 배기관에서 검은 연기를 내뿜으며 굉음을 질렀지만, 오히려 지게차의 엔진 쪽이 들썩거렸다.

부왕!

또다시 검은 연기가 뿜어져 나왔다.

성훈이 외쳤다.

"민수야. 지게차 뒤에 올라타! 얼른."

성훈의 말을 들은 민수와 곽 이사가 지게차 엔진룸에 뛰어올랐다.

성훈이 소리쳤다.

"곽 이사님, 사람 더 불러요. 집사님. 몽땅 지게차에 올라타라고 하세요."

사람들의 눈에 외국인들이 지게차 엔진룸으로 올라서는 것이 보였다.

그들이 사람들을 향해 손짓했다.

집사도 사람들을 독려했다.

"얼른 올라타시오. 무게가 부족해. 당장!"

수십 명의 사람이 엔진룸에 올라섰고 서로 떨어지지 않도록 부둥켜안았다.

그렇게 하지 못하는 사람들은 바퀴 옆에라도 매달렸다.

지게차의 굉음이 귀를 찢을 듯이 시끄러웠지만, 사람들의 귀에는 깔린 자의 비명 소리밖에 들리지 않았다.

무게의 균형이 맞춰지자, 나무의 틈이 벌어지며 들썩거렸다.

성훈이 깔린 사람을 손짓하며 외쳤다.

"왕자님, 얼른 빼세요. 포크가 얼마나 버틸지 몰라요!"

적재하중 이상의 무게가 걸리자, 포크에서도 '끼익끼익' 하는 비명 소리가 들려왔다.

미처 엔진룸에 올라타지 못한 나머지 사람들이 모두 달려들어 나무 틈에 손을 집어넣거나 철봉을 이용해 지렛대처럼 올리고 있었다.

압둘과 집사를 비롯한 사람들이 달려들어 운전수를 당겼다.

"억지로 상체를 잡아당기지 말고 다리 쪽을 잡고 빼내세요! 뼈가 꺾이면 동맥을 찌를 수도 있어요!"

엔진의 굉음에 들리지 않을 만도 하건만, 압둘은 제대로 알아들었고 조심스럽게 다리를 끄집어내었다.

"이제 저쪽으로 가세요. 얼른요."

압둘이 성훈을 돌아보자 성훈이 다급히 손짓했다.

"또 무너질지도 몰라요. 얼른요!"

집사가 들것을 만들어 들고 와서는 재빨리 사고 현장을 이탈했다.

우르르릉. 쿠당탕탕.

들썩이던 나무들이 천둥소리를 내며 무너져 내렸다.


성훈이 뒤를 보며 소리쳤다.

"이제 내려! 난 하나씩 정리하고 갈 테니까. 빨랑!"

일사불란하게 모두가 현장을 벗어났다.

그제야 지게차의 굉음 소리가 평소 소리로 돌아왔다.

사고가 나고 일 분여가 지난 시점이었다.

부릉부릉.

삐. 삐. 삐. 삐.

지게차가 후진을 하며 포크를 빼냈다.

그리고 무너질 위험이 있는 위의 것부터 차례대로 밀어 넘어뜨리기 시작했다.

쿠당탕. 콰당.

우르르릉. 쾅.

무시무시한 소리를 내며 나무들이 무너져 내렸다.

"혁혁. 성훈 군은 언제 지게차를 배웠대?"

어찌나 놀라고 긴장을 했던지, 현관의 발코니 아래 털썩 앉으면서 곽 이사가 물었다.

민수라고 알 리가 있겠는가?

"글쎄요. 저도 모르겠는데요."

"하는 모습을 보아하니, 한두 번 해본 게 아닌 것 같아."

정말 성훈은 전혀 서투른 기색이 없었다.

하나하나 차례대로 밀면서 더 이상 자재가 넘어지지 않도록 정리하고 있었다.

멀찍이서 사람들이 멍하니 그 모습을 지켜보고 있었다.

사람들 가운데서 성훈 혼자만 부지런히 움직이고 있었다.

곽 이사의 얼굴에 의문이 생겼다.

'저거 뭐지? 도무지 정체를 모르겠네?'

뭘 했는지, 정신이 하나도 없는 일 분이었다.

"으으윽."

여전히 고통스러운 비명이 흘러나왔지만, 아까의 죽을 듯한 소리는 아니었다.

고비는 넘어갔다.

압둘이 소리쳤다.

"주치의 핫산을 불러와!"

"이미 불렀습니다, 왕자님. 주치의께서는 출근 중이라고 했으니, 거의 도착했을 것입니다."

그 말이 끝나기가 무섭게 왕진가방을 든 노인이 뛰어오고 있었다.

그 모습을 본 집사가 물러나며 말했다.

"전하. 핫산 님이 도착하셨군요. 헬리콥터를 대기시키겠습니다."

"그래, 당장 오라고 해. 왕실병원에도 연락을 넣어!"

"왕실병원에 말입니까? 그곳은 왕족들만……."

인상이 험악하게 변한 압둘이 고함쳤다.

"내 일을 하러 와서 다친 사람이야. 뒷책임은 내가 진다."


"휴! 핫산, 괜찮은가?"

불행 중 다행으로, 그는 허벅지 뼈가 부러졌지만 대동맥을 건드리지는 않았다.

주치의가 말했다.

"구조가 조금만 늦었어도, 부러진 뼈가 혈관을 찔렀을 겁니다."

지게차 기사는 주사를 맞고 누워서 끙끙거리고 있었다. 고통은 많이 가신 모양이었다.

"왕자님. 진통제를 놓았으니, 병원에 가는 동안에는 괜찮을 겁니다."

그는 오자마자 고통에 눈물을 흘리는 기사에게 제일 먼저 진통제를 놓았다.

맨 정신으로 뼈가 부러진 고통을 견딘다는 것도 힘든 일일 것이다.

"그런데 어떻게 된 겁니까?"

압둘은 그의 질문에 무너진 나무 더미를 가리켰다.

"저기에 깔렸다네."

머리가 허연 핫산의 입이 딱 벌어졌다.

지게차의 움직임에 따라, 산처럼 쌓여 있는 나무들이 끙음을 내며 무너져 내리는 것이 보였다.

"다행스럽게 깔린 나무가 몇 개 되지 않았나 봅니다. 맨 아래 깔렸었다면 죽었을 테니……."

압둘이 고개를 저었다.

"아닐세. 저기 맨 밑에 깔렸었다네."

"그런데도 즉사를 안 하고 살았단 말입니까? 제법 통뼈인 모양이군요. 쇼크로 죽어도 시원찮을 판이었는데."

"깔린 즉시 꺼냈으니, 불행 중 다행이었네."

압둘이 고개를 끄덕이며 사고 상황을 설명했다.

"역시 왕자님께서 초동조치를 제대로 하셨군요."

주치의는 압둘 왕자에게 존경의 눈빛을 보냈다.

"아니야. 저 친구가 빨리 움직여 줬기에 가능했던 게지."

지게차를 몰고 있는 성훈을 보며 주치의가 고개를 끄덕였다.

"말씀대로라면…… 알라의 가호가 있었군요. 알라의 가호는 때때로 손님과 함께 오는 법이지요."

압둘이 핫산에게 확인하듯 물었다.

"핫산. 자네가 보기에도 그렇던가?"

핫산이 고개를 끄덕이며 나지막하게 말했다.

"무함마드께서 말씀하셨지요. 가장 완성된 인간이란 이웃을 두루 사랑하는 사람이라고. 이웃에게 관용을 베푸신 왕자님께 알라께서 귀한 손님을 보내셨군요."

그는 압둘이 어릴 때부터 그의 건강을 책임져 온 의사였으며 영적으로 신뢰할 수 있는 무슬림이었다.

압둘도 그의 말에 동의했다.

"알라의 가호인 게지. 정말이지 그렇게밖에 말할 수 없어."

주치의도 고개를 끄덕이며 옆에 누워 있는 환자에게로 눈을 돌렸다.

"네, 저런 산더미에 깔렸는데, 고작 대퇴부 골절로 끝난다는 건 기적이라고밖에 표현할 수 없습니다. 대부분은 구해내는 과정에서 부러진 뼈가 대동맥을 건드리게 되고 그랬다면 분명히 과다 출혈로 죽었을 겁니다."

옆에 누워 있는 노동자는 대퇴부가 부러지긴 했지만, 막상 출혈은 별로 없었다.

나무에 깔리면서 긁힌 것이 전부였다.

"사실 전화를 받고 걱정을 많이 했습니다. 잘못 꺼내다가 가는 부러진 뼛조각들이 살 속에 묻히면서 대동맥에 박히는 경우가 많아서 말이지요. 이 사람은 그것 또한 없으니, 정말 알라의 보살핌이었습니다.

압둘 왕자의 설명이 진지하지 않았다면 주치의는 자신을 놀린다고 생각했을 것이다.

방금 들린 굉음만 들어봐도 기가 질릴 무게였다.

나무 한 개당 1톤은 넘는 무게인데, 그게 몇 십 개가 사람을 짓누른다고 해보라.

그럼에도 살아났으니, 그것이 천운이 아니고 무엇이겠는가?

기사에게는 지옥 같은 시간이었겠지만, 사실상 그가 나무에 짓눌린 것은 고작해야 30초 남짓 될까 말까 했다.

자재 정리를 끝내고 현관으로 들어섰다.

거실에서 통화하던 압둘의 고함 소리가 여기까지 들렸다.

"그래서! 지금 못 하겠다는 거야? 내가 책임진다고. 바로 수술할 수 있게 준비하고 있으라고 해! 뭐? 증상? 기다려 봐. 주치의 바꿔줄 테니. 핫산!"

"네, 왕자님!"

민수들과 이야기하던 주치의가 뛰어 들어갔다.

전화기를 그에게 넘기고 압둘이 밖으로 나왔다.

"알라의 가호가 있었네. 친구여."

밖으로 나온 압둘은 나를 두 팔로 부드럽게 안았다.

옆에 있던 민수의 볼이 불퉁해졌다. 한국어로 말했다.

"이게 어떻게 알라의 가호란 말이 나옵니까! 형이 다 한 건데요."

압둘에게 안긴 채 말했다.

"어쨌든, 저 사람 운이 좋았던 건 확실하지."

곽 이사가 민수의 어깨에 손을 올리며 웃었다.

"압둘 왕자의 말은 성훈을 만난 것 자체가 알라의 가호라는 말일세."

압둘이 허그를 풀고 내 손을 부여잡았다.

"고맙네. 성훈."

"당연히 해야 할 일을 했던 것뿐입니다."


압둘은 한층 풀이 죽은 모습이었다.

'무리한 일을 진행했다고 생각하는 것일까? 하긴 저걸로도 충분히 카미는 만족을 하고 있는 것 같지만.'

그러나 이제 위험한 부분은 지나갔다.

쿠웨이트 한가운데 오두막은 포기할 수 없었다. 그건 내가 왔다 갔다는 흔적이 될 것이다.

"왕자님, 액땜한 걸로 생각하세요."

"액땜?"

"큰일하기 전에 작은 곤란을 먼저 겪음으로써, 뒤에 올 액운을 미리 때웠다는 의미죠."

"하하하. 그게 말이 되는가?"

압둘이 웃어 넘겼지만, 나는 곽 이사에게 확인하듯 물었다.

"그렇죠. 이사님!"

그리고 한국어로 말했다.

"전 이 물레방아 꼭 만들고 싶습니다. 이사님."

곽 이사는 내키지 않는 듯했다.

"끙."

하지만 재촉하는 내 눈빛에 어쩔 수 없었던 모양이다.

"성훈 군의 말이 맞습니다. 우리나라에서는 이런 경우는 오히려 기뻐합니다. 새옹지마라고도 하지요."

곽 이사는 새옹지마(塞翁之馬)의 뜻을 풀어 설명하며 압둘을 설득했다.


마당 한쪽에 헬기가 내려앉았다.

집사가 말했다.

"제가 다녀오겠습니다."

"잘 부탁해. 탈랄. 병원에는 말해 뒀다네. 올 때는 거대한 물레방아를 볼 수 있을 걸세."

주치의가 말했다.

"아닐세. 탈랄. 자네는 왕자님을 보좌해야지. 왕자님. 제가 다녀오겠습니다."

"그래도 되겠나? 핫산."

"성훈 군의 말처럼, 액땜을 했으니, 이제 좋은 일만 있을 겁니다."

핫산이 미소를 지으며 압둘에게 말했다.

"부디 알라의 가호를 지닌 자를 잘 대접하시기를. 그리하여 왕자님께도 알라의 영광이 함께하시길."

그의 의미심장한 말에 압둘이 고개를 끄덕였다.

"알겠네. 자네의 충심을 잊지 않겠네. 부디 잘 다녀오게."

들것에 누운 기사에게도 축복을 했다.

"그대에게도 알라의 가호가 있기를."

헬기가 떠나고 압둘이 말했다.

"성훈. 자네가 이 공사를 끝까지 책임져 주게나. 알라의 가호가 함께하는 것 같으니."

"걱정 마세요. 왕자님. 책임지고 마무리 짓겠습니다."


정말 액땜이라도 한 것인지, 그 뒤로는 순조로웠다.

자르고 붙이고. 다만 이번 것은 피스가 아니라 볼트와 너트의 조립으로 이루어졌다.

기술자가 많았던 만큼 속도는 빨랐고 정확했다.

이것까지는 압둘이 미처 생각하지 못했던 모습이었다.

압둘이 넋을 잃고 드릴을 든 손을 힘없이 떨구었다.

"이런! 이제 드릴이 좀 손에 익었구만!"

'익기는! 이제 아주 수준급으로 오토바이를 타더니!'

"스케일이 커지면 하중도 다르니까. 피스를 사용할 수가 없습니다. 왕자님!"

마음껏 드릴질을 해보려던 압둘의 희망은 날아가 버렸다.

기운 빠진 압둘에게 말을 걸었다.

"좀 작은 거라도 만들어 보시겠습니까?"

압둘의 눈빛이 살아났다. 그러면서도 말을 툴툴거렸다.

"작은 걸 뭐하게? 왕자의 품격에 어울리지 않아."

"왕자님. 장식용으로 쓰시죠. 뭐. 그리고 카미도 물통이 많으면 좋지 않을까요?"

"흠. 정 원한다면야. 만들어주지!"

"민수야. 1/8 스케일로 도면 하나 그려봐라. 왕자님께서 만드신단다."

그리고 민수를 압둘의 보조로 붙여 버렸다.

누가 보조가 될 것인지는 하늘만이 판단할 것이다.


통화가 끝난 집사가 말했다.

"왕자님, 수술이 순조롭게 끝났다고 합니다. 안정을 취하고 있답니다."

왕자가 고개를 끄덕였다.

"성훈 군. 자네는 지게차를 잘 몰던데. 따로 연습이라도 한 건가?"

피식 웃었다.

'사실대로는 말할 수 없고.'

"그냥 배워두면 쓸데가 있을 것 같아서 아는 형님께 배웠습니다."

"오, 그런가!"

인생에서 배워둬서 쓸모없는 것은 하나도 없다.

그것이 인생에서 단 한 번밖에 쓰일 곳이 없다고 해도 말이다.

지난 삶에서 나에게 지게차 모는 법을 가르쳐 준 사람은 중졸이었다.

인연이라고 말하기도 어려운, 잠시 공장에서 아르바이트를 할 때 스쳐 지나갔던 사람이었다.

이름조차도 기억나지 않는다.

먹고살기 위해 이 일을 택했다던 그는, 밝고 생각 있는 사람이었고 이 기술로 아이와 아내가 먹고살고 있다면서 자랑스러워했었다.

나이는 나보다 3, 4살 많았던가?

고아였던 그는 일찍 가족을 가지길 원했고 이제 공부를 더 해서 포크레인이나 불도저 같은 중장비를 배우겠다고 했었다.

옆을 지나가는 포크레인을 보며 그가 했던 말이 생각난다.

"저 사람은 자기 숟가락을 들고 다니네."

부러워하는 그를 보며 나는 속으로 비웃었었다.

'그래 봤자, 운전수일 뿐이지!'

하지만 지금은 그렇지 않다.

당당하게 한 사람의 몫을 했던 그를 지금 다시 만난다면 당신의 가르침이 큰 도움이 되었다고 감사하며 안아주고 싶다.

학력, 학위, 그것이 사람을 말해준다고 생각하던 시기가 있었다.

나는 그렇게 되지 못함을 시기하면서, 내 부모가 유학을 보내줄 능력이 안 되어 내가 이 모양 이 꼴이라고 원망하던 시기도 있었다.

내 어머니에게 해서는 안 될 원망을 하면서, 그녀의 마음을 아프게 했었다. 지난 삶의 나는 그런 사람이었다.

이제는 더 이상 그런 유치한 행동을 하고 싶지 않다.

지난 삶에서의 나도 김성훈이었고 지금의 나도 김성훈이다.

다만 그때의 철없던 나 자신을 알고 있기에 조금 더 어른스러운 모습을 보이려 노력하는 중일 뿐이다.

노력에 노력이 중첩되면 더 이상 나 이외의 다른 것을 탓하지 않게 되면 그때서야 어른이 되어 있지 않을까?

'일신우일신(日新又日新)'을 되새기며 하루를 살아간다.

오늘의 내가 어제의 나를 부끄러워하고 후회로 중첩된 과거를 딛고 새로운 내가 되기를 희망한다.

거대한 물레방아가 완성되었다.

물이 내려오는 슬라이드 판만 7~8m를 넘어갔다. 기울기를 많이 낮췄음에도 말이다.

놀이동산에서처럼 튜브를 타고 내려와도 될 정도의 크기였다.

"왕자님, 카미는 여기서 물 마실 필요가 없겠는데요."

압둘이 무슨 말이냐며 나를 쳐다봤다.

"입에 대기만 해도 물이 절로 위장으로 들어갈 것 같아서요."

물길이 너무 세다며 놀리는 말이었지만, 어쨌거나 압둘은 만족했다.

"카미가 아주 편안해하는군. 진작 만들어줄 걸 그랬어."

카미는 거실을 터서 만들어 놓은 제 방에 안락하게 누워 있다.

밖에서 보면 오두막이 집에 붙어 있는 것처럼 보인다.

그 방에는 압둘을 위한 소파도 있고 카미를 위한 볏짚 침대도 있었다.

때로는 눕기 위한 침대가 될 것이고 때로는 카미의 간식도 될 것이다.

카미가 잠든 것을 지켜보던 압둘이 말했다.

"고맙네. 성훈."

우리는 거실에 모여 앉았다.

병원에 갔었던 핫산도 수술이 잘 끝나면서, 압둘의 집으로 돌아왔다.

압둘이 차를 마시며 말을 꺼냈다.

"알라께서는 하나를 받으면 하나를 주라고 하셨다."

좌중의 시선이 압둘에게 집중되었다.

"나는 성훈에게 내 마음의 표시로 선물을 하나 하고 싶군!"

그가 핫산을 쳐다보자, 핫산이 입을 열었다.

"지당한 말이라 생각됩니다. 입으로만 말하는 가르침은 헛된 깨달음이지요."

압둘이 집사에게 물었다.

"뭐가 좋을지 생각해 보라."

"글쎄요. 성훈 님은 젊으시니, 람보르기니나 포르쉐 같은 스포츠카가 어떨지요?"

압둘이 들어보니 마음에 드는 듯 고개를 끄덕였다.

'이 사람들이! 내 의견 따위는 묻지도 않는군.'

성의는 고맙다. 하지만 그게 말이 되는 소리인가? 그걸 받아서 어디다가 쓰게!

울산 바닥에서 유일하게 하나 있을 텐데, 나 부자라고 소문낼 일이 있는가? 주차는 어디다가 하고!

그거 밖에다가 세워두면 누가 발자국이라도 남길까 봐 잠이나 잘 수 있겠어? 누가 훔쳐갈 염려는 없겠네.

나는 지금은 소리 소문 없이 살고 싶었다.

"왕자님. 싫습니다!"

민수와 곽 이사가 나를 보며 입을 딱 벌렸다.

"형. 혹시 미치신 거 아니에요?"

곽 이사는 민수 때문에 선수를 놓친 듯 입만 뻐끔거렸다.

압둘도 약간 놀라긴 했지만, 그 정도로는 나를 만족시키지 못한다고 생각했던 모양이다.

"생각해 보니 그 정도로는 내 성의 표시라고 보기에는 많이 부족하군."

집사가 다른 의견을 제시했다.

"들어보니 그러하군요. 제가 생각이 짧았습니다. 적어도 요트는 되어야."

얼른 그들의 대화를 잘라 먹었다. 마음이 살짝 불편해지려 하고 있었다.

지금의 내게는 돈이 없어서 못 사는 것들이 아니었다.

'나도 그 정도 돈은 있다고! 단지 필요가 없다고.'

이들이 말하는 것은 사치품을 넘어서 돈 잡아먹는 기계였다.

세금 떼기 딱 좋은 품목! 유지비는 또 얼마나 들 것인가?

"왕자님, 카미가 편해져서 뭔가를 선물해 주시고 싶다는 마음은 감사합니다."

압둘이 알았다며 내게 물었다.

"딱히 받고 싶은 것이 있는가? 미처 물어볼 생각을 하지 못했군. 미안하군."

압둘은 전혀 다른 관점에서 보고 있었다. 받지 않으려 한다는 것은 생각도 하지 않았다는 듯했다.

"저는 그저 카미가 편해지는 것을 보고 싶었을 뿐입니다."

처음 시작은 분명히 목적이 있었다. 몰딩의 제작 시기를 늦추려는, 그리고 이 자리에서 벗어나려는 목적.

그러나 진심으로 카미를 아끼는 모습에서 느끼는 바가 있었고 나는 그 마음을 돈으로 환산하고 싶지 않았다.

"뭔가 물질적인 것을 바라는 것이 아닙니다. 아니, 오히려 바라지 않습니다."

그저 그가 마음에 들어서 도와주려 했던 것이다. 카미가 좋기도 했고 말이다.

내가 가지고 싶은 것은 돈이나 물질적인 것 따위가 아니었다.

오히려 압둘이 심각한 표정을 지었다.

"그럼 따로 바라는 것이 있는가?"

대답을 하려 하는데, 카미가 내 옆으로 얼굴을 불쑥 들이밀었다.

물레방아에서 물을 마시고 돌아가던 중이었던 것 같다.

카미의 머리를 툭툭 치며 말했다.

"전 그냥 이 녀석이 편하게 살다 갔으면 좋겠습니다. 그거면 됩니다."

만남의 기회는 또 있을 것이고 아랍의 부자를 한국으로 초대할 일은 또 있을 것이다.

'속 보이게 한국으로 와달라고 할 수는 없지.'

카미는 내 말을 알아듣기라도 하듯 긴 혀로 내 얼굴을 핥았다.

'이 미친!'

온몸에 소름 쫙 돋아 올랐다.

'이! 낙타 대가리야!'라고 소리칠 뻔했다.


기억났다.

예전에 개 키울 때도 만지는 건 좋아해도, 핥는 건 엄청 싫어했는데……

고양이는 그나마 혀가 까끌까끌해서 싫지는 않았는데, 침 흘리는 짐승들의 혀는 뭐라고 할까. 뜨끈뜨끈하고 살아 있는 해삼이 내 몸에 붙는 기분이라서 엄청 싫어했었다.

그리고 이놈은 방금까지 위에서 게워낸 건초들을 씹고 있었다.

"으윽……."

필사적으로 주먹을 꽉 쥐며 얼굴에는 가식적인 미소를 보였다.

'난 정말 핥는 게 싫다고!'

낙타 녀석 아구창을 한 방 날리고 싶었는데, 이를 악 물고 참았다. 압둘이 흐뭇한 표정으로 보고 있었기 때문이다.

다 된 밥에 똥물을 끼얹을 수 없지…….

"흐흐흐……."

웃고 있으니 압둘이 말했다.

"그렇게 좋은가? 성훈. 흐흐흐."

"네, 흐흐흐."

"우리 까미도 자네가 맘에 드는가 보구만."

나와 카미의 화목한 웃음에 거실의 모두가 한바탕 웃었다.


정작 선물을 하고 싶은 인물이 받지 않겠다고 하자, 압둘의 고민이 커졌다.

핫산이 압둘에게 귓속말을 속닥거렸다.

압둘이 근엄하게 물었다.

"성훈. 그럼 하나만 묻겠네."

"네, 말씀하십시오. 왕자님."

"언젠가는 카미가 죽게 될 걸세. 그때, 자네는 카미의 장례식에 올 건가?"

무슨 의미로 묻는 것일까?

'당연히 카미가 좋기도 하고 한 번 더 압둘을 보며 친분을 쌓을 수 있는데, 당연하지 않은가?'

핥는 것을 싫어하는 것은 내 취향일 뿐, 나는 카미가 좋았다.

사람 말을 알아듣는 동물이 싫은 사람은 그리 많지 않을 것이다.

당연하지 않냐며 고개를 끄덕였다.

"정말 큰일이 없는 한은 당연히 올 것입니다."

압둘은 입을 꾹 다물고 고맙다고 했다.

"그것은 신성한 약속이니 지켜져야 할 것이네."

나도 고개를 끄덕였다. 진심이었다.

"이것도 싫다. 저것도 싫다. 하지만 나는 자네가 좋다. 그러나 카미가 없다면 자네와 나를 이을 끈이 없다네."

조용하게 압둘은 말을 이었다.

"카미가 없어진다면 나는 친구가 없어진다. 그대가 나와 친구가 되어 달라."

'친구? 사업상의 동지가 아니라? 내가 어디가 그렇게 마음에 들어서.'

"왜 저를 그렇게 생각해 주시는 겁니까?"

"자네에겐 알라의 가호가 함께하신다."

"저도 그 말씀엔 감사할 따름입니다."

알라나 다른 신은 모른다. 알고 싶지도 않다.

'내가 원하는 대로 하라는 신은 없을 테니까.'

내가 종교에 대해 기억하는 것은 몇 가지 없다.

'이것 하라. 저것 하라. 이건 하지 말고 저것도 하지 말라.'

'결국은 내 뜻대로 살아라. 너는 내 것이니라.'

일부 종교에 국한된 것이겠지만, 두 번째의 삶을 다른 누군가를 위해 허비하고 싶지는 않다.

식어가는 차를 마시며 압둘이 물었다.

"다른 이유가 필요한가?"

외롭다고 친구가 되어 달라고 하는데, 거기에 자신의 신앙인 알라를 말하는데, 내가 뭐라 할 텐가?

옆에서 집사가 말했다.

"왕자님. 그 옛날 수피(이슬람 신비주의자)들 격언에 '코끼리가 들어갈 만한 집을 가지고 있지 않다면 코끼리 몰이와 친구가 될 수 없다'라는 말이 있습니다."

압둘이 눈으로 물었다. 무슨 말을 하려는지 묻는 것이었다.

"그래서 자네는 성훈이 친구가 되기에 자격이 모자란단 말인가?"

집사가 고개를 숙였다.

그로서는 충분히 걱정이 되는 것이리라.

"친구에 자격은 무슨, 알라 앞에서는 어떤 인간도 평등하다."

단호한 압둘의 말에 집사가 고개를 숙였다.

"탈랄. 나는 그를 알라께서 보내주신, 내 친구라 생각한다. 내게 준하는 예의를 갖춰라."

압둘의 말이 이어졌다.

"다른 사람들에게도 그렇게 전해라."

그렇게 나는 쿠웨이트의 왕자와 친구가 되었다.

곽 이사가 나지막하게 물었다.

"정말 한국으로 안 돌아갈 생각이십니까?"

그동안 평대를 쓰던 곽 이사가 다시 존칭을 쓰기 시작했다.

"이사님, 왜 또 갑자기 존대를 하십니까? 어색하게."

"다른 사람도 아니고 압둘 왕자님 친구분이신데."

압둘이 사람은 좋아 보여도, 한 번 관계가 틀어지면 무서운 사람이라는 말도 덧붙였다.

"그런 말씀 마시고 평대해 주십시오. 사람들이 저를 어떻게 생각하겠습니까?"

민수도 옆에서 내 말을 거들었다.

"네, 제가 보기에도 이사님이 이상해 보입니다. 사우디에서부터 말입니다."

곽 이사의 사정을 알 리가 없는 민수의 당연한 의문이었다.

"크흠. 그럴 사정이…… 아니. 알겠네. 그런데 성훈 군. 정말 한국으로 안 돌아갈 건가?"

난 아직 돌아갈 생각이 없었다.

사우디에서의 일 때문에 한가하게 휴가를 즐기려던 내 일정도 많이 늦어졌다.

"네, 사우디에서의 사건도 원래 계획에 없었던 거라고요. 아시잖아요."

"지금 한국에 자네를 필요로 하는 일이 얼마나 많은지 알기나 하나?"

"제가 필요한 건 아닙니다만."

"구조대전의 작품도 실시설계를 들어가야 할 것 아닌가?"

"그게 제가 꼭 필요한 겁니까?"

"자네가 있어야 뭔가 진행이 되어도 될 것 아닌가?"

공동 설계자, 민수를 보며 말했다.

"여기 민수도 있잖아요."

민수는 소스라치게 놀라며 팔을 내저었다.

"곽 이사님. 어차피 성훈이 형 승인 안 받으면 아무 소용 없는 거 아시죠?"

곽 이사도 마지못해 고개를 끄덕였다.

"어차피 지금 가봐야 나 잡아먹으려고 설계팀에서 기다리고 있을 거잖아요."

기존의 공법을 쓰자고 구조설계팀에서 날 설득할 준비를 하고 있을 것이다.

'뭐하러 이렇게 승인도 받지 못한 공법을 사용해야 하는가?'

'승인받게 하면 되죠?'

'그래도 승인받는 시간을 생각하면 낭비야!'

'그러니까 맨날 발전에 없는 거라고요.'

이 설전이 평행선을 타게 될 것이다.

"이사님. 차라리 그 공법을 실용화할 수 있는 방법을 찾으라고 하세요. 그럼 제가 나중에 들러서 확인하면 되죠?"

하지만 나는 내 원래 목적도 달성하지 못하고 소 끌려가듯 끌려가고 싶지 않았다.

곽 이사 때문에 왕자들과 인연을 맺게 된 것은 고맙지만, 원래는 없던 예정이었다.

곽 이사의 높아진 언성에, 압둘이 붙여준 경호원의 눈이 매서워졌다.

압둘은 정무가 바빠서 마중 나가지 못해 미안하다며 경호원 둘을 붙여줬다.

두 명 중의 하나는 내 티케팅을 위해서 매표소에 가 있었다.

'왕자의 스케일이란 정말.'

그러니 곽 이사가 내 눈치를 보며 목소리를 높이지 못하는 것이었다.

"저기 가서 잠시 나랑 얘기 좀 하세."

곽 이사가 나의 소매를 잡았다.

동시에 경호원들이 곽 이사의 어깨를 짚었다.

"성훈 님의 탑승 시간이 되었습니다. 이제 그만 놓아주시지요."

곽 이사는 다급한 것 같았지만 놓아줄 수밖에 없었다.

"한국에서 봬요. 민수도 잘 가고."

그들은 나를 왕족이 드나드는 출입구로 안내했다.

곽 이사가 물었다.

"언제쯤 돌아올 생각인가?"

"대략 일주일이면 되지 않을까요? 장담은 못 하겠네요. 잘 들어가세요."

인사를 하며 그들과 헤어졌다.


스위스로 가는 비행기에 올라탔다.

경호원들이 자리를 배정해 주며 승무원에게 뭐라고 말했다.

아마 잘하라는 당부 혹은 명령의 말일 것이다.

그리고 돌아와 내게 작은 선물 상자를 내밀었다.

"뭡니까?"

자리에 앉아 그들에게 물었다.

건넨 경호원이 어깨를 으쓱했다.

"저희도 잘 모릅니다. 그저 왕자님께서 작은 성의라고 전해 드리라 하셨습니다."

선물 포장지를 풀었다.

이렇게 작은 것이니, 과한 것은 아니겠지만, 보석이나 값비싼 물건이라면 돌려줄 생각이었다.

안에 들어 있는 것은 시계였다.

'18K인가?'

고급스런 금장에 가죽 끈으로 된 남성용 시계였다.

시계 뒤쪽은 유리로 되어 있어서, 태엽이 돌아가는 것이 보였다.

그들을 쳐다보며 물었다. 나보다는 그들이 더 잘 알 것이다. 지난 삶에서 20만 원 이상 가는 시계를 차 본 적이 없었으니, 알 수가 없었다.

"비싼 건가요?"

그들의 입에서 즉각 답이 나왔다.

"그렇게 비싸지 않다고 하셨습니다."

나는 흐뭇하게 고개를 끄덕였다. 그런 거라면 차고 다녀도 크게 사치부리는 것처럼 보이지 않을 것이다.

뒤쪽을 보니 아랍어로 뭐라고 쓰여 있었다.

"무슨 말이죠?"

경호원이 말했다.

"인샬라. '신이 원하신다면'이라는 뜻입니다. 좋은 여행 되십시오."

그들이 내렸다.

비행기가 움직이는 것을 보며 생각에 잠겼다. 지난 삶 언제쯤이던가, 책을 보는데, 거기서 유명 디자이너가 인터뷰에서 이런 말을 했었다.

'전 롱샹에서 영감을 얻었습니다. 그곳은 제 영감의 원천이죠.'

그 뒤의 내용은 잘 생각나지 않는다.

일정표도 없이, 무작정 떠나는 여행이었다.

나는 과연 그곳에서 힐링할 수 있을까?

내 지친 영혼을 달랠 수 있을까?

그리고 그가 얻었던 영감을 나도 얻을 수 있을까?

스르륵 잠이 들었다.

'나는 롱샹에서 뭘 채울 수 있을까? 혹은 뭘 비울 수 있을까?'

일등석은 편안했다.

눈꺼풀이 스르륵 내려앉았다.

33장
힐링 여행(1)

스위스 국경도시 바젤의 작은 마을.

어젯밤에 바젤의 숙박업소에 도착해서, 지금은 이국에서의 아침을 맞았다.

나는 르 꼬르뷔제의 걸작, '롱샹'을 만나기 위해 이곳으로 왔다.

'저번에 왔을 때는 급한 일정 때문에 제대로 즐기지 못했었지.'

아침 식사를 간단하게 마치고 숙소를 나섰다.

장갑 낀 손엔 작은 물병 하나와 지도책을, 목에는 손바닥만 한 카메라를 걸고 등에는 배낭을 메고 있었다.

문을 열고 나오자 눈앞에는 하얀 눈이 내려 있었다.

피식 웃음이 나왔다.

"어제는 사막 한가운데서 더워 죽는 줄 알았는데, 오늘은 눈밭이라니."

중심가에서 살짝 외진 곳이라서 그런지, 발자국 하나 찍히지 않은 처녀지가 내 앞에 있었다.

첫 발자국을 디딘다. 조심조심. 하지만 확실히 이 땅이 나를 기억하게.

'확실히 저번에 왔던 것과는 다르네.'

경로도 다르고 계절도 달랐다.

처음 롱샹을 방문했을 때는 프랑스 쪽에서부터 시작된 여정이었고 그나마도 시간이 촉박했기에 역에서 내려서 바로 택시를 잡아탔었다.

오늘은 좀 더 여유를 가지고 싶었다. 힐링을 하겠다는 목적으로 온 거였으니까.


김동률의 '출발'을 흥얼거리며 여관 밖을 나섰다.

'지금쯤 김동률도 여행을 하며 이 노래의 시상을 떠올리고 있지 않을까?'

개인적으로 참 좋아하는 목소리를 가진 가수였다.

그렇게 부르고 싶은 욕망에, 노래방에만 가면 그의 노래를 곧잘 부르곤 했었다.

그의 목소리는 국보급이 아닐까?

남자인 나도 다리에 힘이 풀릴 정도로 달달했다.

'김동률만큼이야 못해도, 꽤나 인기가 있었는데. 흠.'

바젤 역에서 프랑스 벨포트 역까지, 기차로 한 시간 남짓을 달렸다.

눈 옆으로 휙휙 지나가는 유럽의 겨울 풍경은 자연스레 입술이 벌어지게 만든다.

평화롭다. 아름답다.

눈꽃을 피운 침엽수가 줄지어 있는 숲, 반대편으로 보이는 아담한 호수, 그 안에 비춰진 탐스러운 구름까지.

엘프는 없었지만, 엘프가 살 만한 숲은 원 없이 즐길 수 있었다.

르 꼬르뷔제의 롱샹성당.

프랑스 보주 산속에 있는 성당은 1950년에 시작하여 4년 후인 1954년에 완공되었다.

현대건축에 영향을 미친 위대한 건축가를 꼽을 때, 그를 빼고는 이야기할 수 없을 정도로 대단한 인물이었다.

우리나라의 1세대 건축가 김중업 선생께서도 한때 르 꼬르뷔제와 함께 일을 했었다. 사사했다라는 표현이 어울리겠다.

실제로 그가 설계한 건축물을 보면 르 꼬르뷔제라는 거장의 영향이 크다는 것을 알 수 있다.

원래의 롱샹 순례자 성당은 2차 대전 때 폭격을 받아 소실되었다.

기적처럼 불타지 않고 남아 있는 성모상을 보존하기 위해 성당을 다시 짓기로 했고 그 설계자로 르 꼬르뷔제가 선택되었다.

당시 그는 나치에 협력했다는 의심을 받고 있었다.

하지만 그를 설계자로 추천한 쿠튀리에 신부와 교회는 르 꼬르뷔제의 행동이 개인의 영리가 아니라, 인류의 삶을 바꾸기 위한 노력이었다는 것. 그리고 그는 자신의 작품 세계를 위해서라면 그 대상이 설령 악마라고 할지라도 타협할 수 있는 예술가임을 이해했다.

이 설계 의뢰는 교회가 르 꼬르뷔제라는 거장에게 주는 사면령과도 같았다.

르 꼬르뷔제는 그들의 기대를 뛰어넘는, 그 당시로서는 파격적인 이 '롱샹성당'을 지었다.

물론! 지금도 충분히 파격적이다. 그럼에도 완성도 높은 건물이지 않을 수 없다.

'지금 나는 거장이 남긴 발자취를 보러 간다.'

내딛는 발에 힘이 들어갔다. 하얗게 김이 서려 나옴에도 전혀 힘들지 않았다.

언덕을 한참 걸어 올라가니, 거장이 말년에 설계한, 정말…… 기가 막히게 특이한 모습의 성당이 존재감을 드러낸다.

'보인다'라는 말은 실례가 될 정도로 땅 위에 떡하니 자리 박고 마을을 내려다보고 있었다.

첫 느낌은 '뾰족 버섯' 같았다. 하얀 몸통에 연갈색 뾰족지붕! 르 꼬르뷔제가 아니고는 누구도 설계할 수 없는 건물.

'와! 멋있다!'

다시 봐도, 그냥 멋있었다. 곡선이 어떻고 건축가의 사상이 어떻고 다 필요 없었다.

어쭙잖은 미사여구는 이 성당에 결례가 될 것이다.


한 걸음을 더 내디딜 때마다 나무에 가려 있던 성당이 조금씩 모습을 드러낸다.

'뜨악!'

입은 떡 벌린 채, 등줄기로 소름 한 방울이 또르르 흘러내린다.

그 어떤 스펙타클한 영화를 보면서도 이런 전율은 느낀 적이 없었다.

가만히 있는, 존재 자체가 카리스마다.

사람으로 하여금 겸손하게 만든다.

아마 신을 직접 대면한다면 이런 느낌일까?

성당이라는 건물의 목적성에 더할 나위 없이 부합한다.

"그는 정말 천재야! 어떻게 이런……."

그냥 여기서 숨 쉬는 것만으로도 행복했다. 거장의 흔적만으로도 나는 황홀경에 빠졌다.

"김중업 선생께서는 얼마나 행복하셨을까?"

외관을 만족스러울 때까지 둘러보고 주변에 앉을 만한 곳을 찾았다.

"저기가 좋겠네."

롱샹의 전면이 다 보이는 나무 밑에 작은 돗자리를 폈다.

큰 나무 아래라 그곳에는 눈이 쌓여 있지 않았다.

방석 하나를 놓고 그곳에서 롱샹을 바라보았다.

'기도하는 손'의 모습이 웅장한 건물로 표현되어 있었다.

배낭에서 스케치북을 꺼냈다.

'사진으로 찍을 수도 있겠지만, 지금의 이 느낌을 담을 수는 없을 거야.'

사진으로도 감동을 담을 수 있다. 다른 사람의 사진을 보고도 감동을 느낄 수 있다.

그러나 그것은 그 작가의 감동을 내가 느끼도록 강요받는 것이다. 감동임에는 분명하지만.

지금 내가 느끼는 감정의 울렁거림을 내 손으로 표현하고 싶었다.

이 순간을 위해서 나는 수천 장의 종이를 괴롭힌 것이다.

아담한 몸체 위의 웅장한 버섯머리를 그려 나간다.

'아! 말로 모든 것을 설명할 수 있다면 얼마나 좋을까! 내가 아는 모든 사람이 이 감동을 공유할 수 있을 텐데.'

아쉽지만, 나는 내가 할 수 있는 최선을 다하기로 했다.

롱샹의 외관은 남성적이다.

거친 벽에 굵직한 라인으로 구성되어 있다.

복잡한 디테일도, 선명한 라인도 없었다. 수직으로 서 있는 것은 탑뿐이다.

건물 자체는 약간 사선으로 벽체가 하늘로 치닫고 있다. 기계적인 냄새가 나지 않다.

그럼에도 안정적이다. 산처럼 평온하다.


그림을 그리고 있는데, 어떤 여자가 말을 걸었다.

약간은 독일 억양이 섞인 영어였다.

"혹시 동행이 있으신가요?"

감탄으로 자연스레 벌어져 있던 입을 다물었다.

'누구지?'

고개를 옆으로 돌렸다.

몰아의 순간을 깬 것에 대한 짜증도 약간 있었다.

코발트블루의 선명한 띠를 두른 눈동자 두개가 있었다.

잠시 멍하니 있었던 것 같다.

"몇 번을 말을 걸려고 하다가, 집중하시는 것 같아서."

하얀 입김이 흘러나오는 그녀의 입술로 눈이 향했다.

이국에서 처음 느낀 비현실적인 느낌.

눈을 깜빡거렸다.

그제서야 그녀의 얼굴 전체가 보였다.

새하얀 얼굴에 다홍색 입술, 그리고 젖살이 덜 빠진 듯한 미묘한 얼굴선.

흐려지는 정신줄을 다잡았다.

'음. 왜?'

나는 말없이 미간을 좁혔다.

"동행이 없다면 비어 있는 자리에 좀 앉아도 될까요?"

'왜 하필 여기?'

"이 자리가 롱샹을 그리기 제일 좋은 자리거든요."

그녀는 고개를 살짝 모로 꺾으며 가벼운 미소를 보낸다. 보조개가 살짝 패었다.

'그랬던가.'

그저 이 자리가 제일 좋아서 여기 앉았던 것뿐이다.

비켜달라고 하면 비켜줄 용의가 있었다.

자연스레 그런 마음이 생기게 하는 미소였으니까.

그녀가 물었다.

"저도 여기서 그려도 될까요?"

조금 넓게 펼친 돗자리를 보고 온 모양이었다.

내 돗자리는 둘이 앉기에 충분히 컸으니까, 그녀의 하얀 손은 빈자리를 가리키고 있었다.

갑작스런 천사의 등장에, 정신줄을 놓을 뻔했다.

"네, 괜찮습니다. 얼마든지."

나도 그녀에게 동화된 듯 미소 지으며 고개를 끄덕였다.


그녀는 내 옆에 살짝 쪼그리고 앉아서 롱상을 바라보며 손으로 이리저리 구도를 잡았다.

"역시 이 자리가 제일 좋아."

독일어였다. 이번에는 프랑스 억양이 섞인 독일어.

다시 그녀는 내게 영어로 말했다.

"이것 좀 맡아주실래요?"

난 한마디도 하지 않았는데, 그녀는 척척 자기 말을 했다.

"독일어가 편하시면 그렇게 하세요."

"어머. 독일 말을 할 줄 아시네요. 동양인이라 영어로 말했는데. 잠시 다녀올 데가 있어서요."

그녀의 화구를 내려놓으며 살포시 웃었다.

눈썹을 으쓱하며 허락했다.

그녀가 눈밭 속으로 사라졌다.


잠시 후 나타난 그녀의 손에는 보온병이 들려 있었다.

"춥죠?"

털모자를 쓴 그녀는 코끝만 발개져 있었다.

"그렇죠. 하지만 오늘은 바람이 안 불어서 포근하네요."

쪼로로록.

그녀가 따뜻한 아메리카노를 건넸다. 그리고 내 그림 쪽으로 얼굴을 들이밀었다.

"흐음."

신음하듯 작은 경탄을 내뱉으며 나를 빤히 쳐다본다.

코발트빛 눈동자가 보석처럼 반짝거렸다.

나도 모르게 숨 쉬기를 멈춰 버렸다.

아무렇지 않은 척 행동했다. 아니, 아무 행동도 하지 않았다.

그리고 내 왼손은 깔고 앉았던 방석을 뽑아서 그녀에게 내밀었다.

"앉아요."

내 엉덩이에 깔려 있던 부분에 살며시 손을 대보고는 말했다.

"따뜻하네요. 고마워요."

'커피값 대신이라고 생각하자. 잘했다. 왼손아.'


그녀가 내 옆에 앉아서 그림을 그리고 있다.

미녀를 옆에 두고 눈이 안 갈 수는 없는 노릇이라.

음흉함이 아니라, 본능이라고 하겠다.

새하얀 얼굴에 건강한 구릿빛이 살짝 섞여 있다. 그럼에도 반짝거리며 윤기가 흐른다. 볼에서 목으로 이어지는 턱선에서 파란 선이 보인다. 정맥이리라.

투명하다는 표현이 어울리지 않을까?

그녀는 독일에서 왔고 23살이라고 했다. 이름은 소피아.

'겨우 스물이나 되었을까 싶은 얼굴이었는데.'

서로 통성명을 하는 사이에 나는 마지막 터치로 그림을 맺었다.

그녀의 그림을 볼 여유가 생겼다.

그녀의 스케치북을 가로지르는 선은 강하면서도 부드럽다.

내 것이 강함 일색의 러프스케치 느낌이 강하다면 그녀의 그림은 한결 안정적이었다.

"전 미술 전공인데, 성훈도 미술학도예요?"

그러면서 내 그림에 대한 감상을 말했다.

"선이 굵고 강렬해요. 롱샹의 외관과 정말 잘 어울리네요."

그녀가 건넨 커피를 한 모금 마셨다. 따뜻했다.

추위에 얼어 있던 손이 사르르 녹는 느낌이었다.

"아뇨. 건축학도예요."

그녀가 나를 살며시 돌아보며 입술을 오므렸다.

"그림을 특징 있게 잘 그리기에, 미술학도인 줄 알았어요. 방해가 되었다면 미안해요."

이미 불쾌한 마음은 그녀의 미소와 커피 한 잔으로 날아간 지 오래였다.

이 훈훈한 느낌을 말로는 설명할 수 없다.

"아뇨. 마침 다 그렸습니다."

"느낌이 어때요. 롱샹?"

이런 건축물을 보면 말을 아끼게 된다.

보기만 해도 감동의 눈물이 나올 정도인데, 내 가벼운 입으로 평가하고 싶지 않다.

"말이 필요 없는, 예술작품이죠."

그녀도 그렇다는 듯 뿌듯한 미소를 지었다.

"이 건물을 설계한 사람을 보여줄까요?"

그녀는 장난스럽게 입술을 삐죽거렸다.

건축학도치고 르 꼬르뷔제의 얼굴을 모르는 사람이 있을까?

롱샹성당에 사진이라도 걸려 있나? 저번에 왔을 때는 못 봤는데! 당연히 보고 싶지.

이런 초고수, 솔직히 말해 괴물 같은 상상력을 현실로 구현할 수 있는 사람의 초상화를 볼 수 있다는 것만으로도 나는 영광일 것 같았다.

즉각 고개를 끄덕였다.


그럴 줄 알았다는 듯이, 그녀는 지갑을 꺼냈다.

'웬 지갑?'

그녀는 지갑에서 10프랑을 꺼냈다.

그리고 세로로 세운다.

이건 뭐지?

"짜잔! 르 꼬르뷔제."

그 지폐에는 양복을 입고 안경을 슬쩍 들고 있는 민머리의 노인이 있었다.

그리고 적혀 있는 이름. 'Le Corbusier 1887-1965'.

그의 얼굴을 알고는 있었다. 워낙 유명한 거장이라 건축학도라면 모를 수가 없다.

'꿈에서라도 좋으니, 르 꼬르뷔제를 만날 수만 있다면' 하고 생각하지 않은 학생이 얼마나 될까?

그가 남기고 간 결과물을 보면 누구나 한 번씩은 하는 생각이다.

그런데 나라의 지폐에 새겨질 정도의 위인이었던가?

보통은 구국 영웅이나 왕을 새겨 넣지 않는가?

세종대왕, 율곡 이이, 퇴계 이황, 충무공 이순신, 쌀, 다보탑, 아쉽게도 아직 신사임당은 나오지 않았다.

대체 그 나라 국민들이 얼마나 그를 존경한다는 말인가?

우리나라에서 김중업 선생이나, 김수근 선생을 그렇게 생각하는가?

한국과는 너무나 다른 가치관에 충격을 받았다.

그냥 그림을 그리는 사람, 엔지니어, 예술가로 보는 것이 아니라……

"이거 스위스 지폐예요. 10프랑."

음. 스위스 쪽에서 왔음에도, 나는 숫자에만 신경을 썼지, 거기에 새겨진 사람의 얼굴을 주의 깊게 보지 않았다.

그런데 이상하지 않은가?

내가 아는 르 꼬르뷔제는 프랑스 사람이었다.

"왜?"

그녀가 커피를 홀짝이며 설명을 이었다.

"원래는 스위스 사람이었대요. 나중에 프랑스로 국적을 바꿨다고 하더라고요."

그래도 역시 존경스러운 발자취였다.

다른 나라로 이적을 했음에도, 그의 동향 사람들은 그를 영웅으로 대우하고 있었다.

"그런데 처음 오는 건 아닌가 봐요. 소피아."

어떻게 알았냐는 듯이, 나를 흘겨본다.

"역시 이 자리가 가장 잘 보인다면서요. 그럼 당연히……."

"맞아요. 계절이 바뀔 때마다 들르고 싶은 곳인데, 이번에는 겨울밖에 못 왔네요."

"그렇게 롱샹이 좋아요?"

"사실은 할아버지가 이곳을 좋아했어요. 그래서 따라오다 보니, 저도 좋아하게 된 거죠."

"혹시 할아버지께서……."

"아뇨. 정정하세요. 요즘은 바쁘셔서 같이 오지 않았지만. 아직도 망치질을 안 하시면 몸이 쑤신다고 난리세요."

할아버지를 말할 때마다, 그녀의 볼에는 보조개가 패었다.

커피를 마시며 말을 하는 사이 그녀의 그림도 완성이 되었다.

나와는 다른, 포근한 눈을 덮고 있는 롱샹이 그녀의 스케치북에 내려 앉아 있었다.

"세부적인 묘사가 예술이네요. 표현력이 좋아요. 소피아."

그녀가 스케치북을 덮었다.

우리는 커피를 다 마시고 자리에서 일어났다.

'이제는 헤어질 시간인가?'

아쉽지만 좋은 만남이었다고 생각했다.

인연이 아닌 것은 어떻게 해도 헤어지게 되어 있고 인연인 것은 어떻게든 이어지게 되어 있다.

지난 삶을 살면서 확인한, 몇 안 되는 진리 중의 하나였다.


가끔씩은 끊어질 듯하면서도, 이어지는 운명도 있다.

그녀가 내게 물었다.

"성당 내부를 구경시켜 줄까요?"

그녀가 커피잔을 받으며 말을 덧붙였다.

"자릿세는 그걸로 퉁 치죠."

맺고 끊음이 분명한 여자였다. 신세지는 것도 싫어하고.

그녀에게 물었다.

"그래 줄래요?"

"'Yes or No'도 아니고 그래 줄래요? 성훈, 아저씨 같은 거 알아요?"

그걸 내가 어찌 알아. 그리고 아저씨 맞거든!

그녀는 성당 내부로 나를 이끌었다.

이미 한 번 와서 알고 있기는 하지만, 이런 미녀 가이드에게 안내받지는 못했다.

내 그림을 기부하라고 하던 신부는 기억에 남지만!

문을 열고 안으로 들어갔다.

그녀가 말했다.

"딱 좋은 시간에 왔네요. 지금이 최고의 쇼타임이거든요."

'쇼타임이라.'

미사실의 문을 열었다.

그녀의 말은 정확했다.

수영장 바닥에서 벌어지는 빛의 향연을 아는가?

물결의 흔들림에 따라 빛의 굴절이 달라지면서, 수영장 바닥에 오로라를 만든다.

지금이 그런 상황이었다.

"흔들리네요. 빛이."

밖에서 부는 바람 따위에 빛이 굴절될 리가 없다.

"아니죠. 성훈. 저런 건 춤을 춘다고 하는 거죠."

그녀의 말처럼 빛이 춤을 추고 있었다.

롱샹성당에는 똑같은 크기의 창이 없다.

일반적인 건물에서는 채광을 중요시하므로 단열과 구조에 문제가 없다면 가급적 창을 크게 뚫는다.

그게 일반적이고 그게 정석이다. 이성적 효율을 중시하기 때문이다.

이곳의 창은 전체 건물에 비해 코딱지만 한 창부터 시작해서 다양한 크기의 창들이 무작위로 뚫려 있다.

동일한 규격은 없다. 그리고 약간의 스테인드글라스를 사용했다.

창이 작은 만큼 내부가 어둡다.

그 어둠을 빛무리가 관통한다. 어둡기에 그 빛은 더욱 찬란하다.

강렬하면서도 아늑하다. 신의 후광처럼 성당 내부의 곳곳을 어루만진다.

장의자들, 신부의 강단, 그리고 강단 뒤 상부의 성모상까지.

외관이 남성적인 강함과 묵직함이었고 신의 카리스마를 상징했다면 내부는 말 그대로 마리아의 품속이다.

엄숙하지만 따뜻하게 감싸주며 세파에 상처받은 영혼을 위로해 준다.

어느 누가 그 온화함 앞에 무릎 꿇지 않을 수 있으랴!

'만약 오지 않았다면 평생을 후회했을 걸작이군.'

르 꼬르뷔제라는 거장은 이성적 효율을 버린 대신, 감성적 효율만큼은 극대화시켰다.

완벽하게 100%!

신 앞에 선 자가 느낄 법한, 장엄하면서 부드러운 빛.

그리고 은은한 광채가 동공을 두드릴 때, 인간이라면 누구나 느낄 수밖에 없는 전율.

그녀가 한 걸음 한 걸음 앞으로 나아갔다.

머리에 뒤집어썼던 모자를 벗어 파카 주머니에 넣었다.

은은한 금발이 그녀의 어깨를 흘러내렸다.

"진정 신의 품이라면 이럴 것 같지 않나요?"

그녀는 그 빛들을 만지기라도 하는 듯 두 팔을 위로 올리고 빛무리를 어루만졌다.

나는 그녀와 어울리는 대신, 스케치북을 꺼냈다.

빛 속에 강림한 천사를 그리고 싶어서였을까?

내 오른 손은 그녀의 모습에 날개를 그리고 있었다.

그녀가 내게 다가 왔다.

"와우, 천사를 그렸네요."

"천사를 그리려고 의도했던 건 아니에요."

곧 그녀는 모델이 그녀라는 것을 눈치챘다.

"고마워요."


이처럼 인간의 감성을 어루만질 수 있는 건물을 설계한 사람을 어찌 고만고만한 기술자로 부를 것이며 그저 그런 예술가들과 비교할 것인가?

건축가는 자신의 건축물로 모든 것을 말한다.

스스로 자랑하지 않는다. 자신의 재능을, 역량을, 가치를 말로 표현하지 않는다.

스스로의 욕망, 희열, 로망과 시적 감성을 자신의 건축물로 하여금 말하게 만든다.

시기하고 질투하며 비난하는 모든 자들을 스스로 무릎 꿇게 만든다.

이것이야말로 예술가의 궁극적 목적지가 아닐까?

이 사람이야말로 건축의 신이라 불러도 그 칭호가 아깝지 않다.

그녀도 나도 몰아지경에 빠져서 빛의 콘서트를 감상했다.

빛의 요정들이 내 눈을 간질인다.

어떤 녀석은 장의자에 부딪히고 또 다른 녀석은 바닥에 부서지며 장난을 쳤다.

빛과 어둠의 대비를 이토록 드라마틱하게 사용한 사람이 또 있을까?

건축가들은 자신의 설계에 장난을 친다.

평이할 수 있는 부분에서 살짝 꼬면서 장난을 침으로써, 응당 평범해야 할 부분이 평범할 수 없도록 만든다.

이 거장은 건물에 인위적인 변형을 최소화하면서, 자연의 빛이 장난스러운 결과를 나타낼 수밖에 없게끔, 고단수의 장난을 친 것이다.

아마도 실제적으로 건물로 구현하기 전까지 일반인들은 꼬르뷔제의 이런 장난스러움을 눈치채지 못했을 것이다.

천재의 위대성이 여기에 숨어 있었다.

그녀에게 물었다.

"이 건물에서 영감을 받은 디자이너가 있다는 거 알아요?"

내가 잡지에서 읽었던 사실을 말했다. 물론 지금보다는 미래에서 본 잡지였다.

'응?'

그녀의 미간이 금시초문이라고 말하고 있었다.

잠시 뜨끔했지만, 나는 당당했다. 사실을 말할 뿐이었다. 단지 지금 실현되지 않았을 뿐이다.

"꽤나 유명한 디자이너인 걸로 기억해요."

"누군데요?"

"그게 기억이 잘 안 나요."

"유명하다면서요?"

유명하다고 다 기억하나?

난 패션 쪽으로는 문외한이었다.

"유명은 한데, 제가 그쪽을 잘 몰라요."

"갑자기 그 이야기를 하는 이유가 뭐예요?"

"확실한 건, 그녀가 롱샹에서 영감을 얻었다는 거고 전 그녀의 영감이 어디에서 출발한 건지를 찾으러 왔거든요."

"에헤, 거짓말."

'확실히 좀 개연성이 약하기는 했지.'

진지한 눈빛으로 물었다.

"지금 제가 거짓말하는 걸로 보여요?"

그리고 신빙성 있는 인물 하나를 덧붙였다.

"저도 여기가 처음은 아니에요. 여기 신부님은 저 기억하실 건데, 여름에도 왔었거든요."

난 진실을 말하지 않을지언정 거짓말을 하지는 않는다.

신부도 거짓말을 하지 않을 것이다. 그렇게까지 나를 위해줄 이유는 없으니까.

그녀는 내 말에서 진심을 느꼈던 모양이다.

"어떤 건지 찾게 되면 가르쳐 줄래요? 전 궁금한 걸 잘 못 참아요."

"훗. 소피아. 그게 뭔지는 나도 잘 모르니까, 일단 찾아봐야 해요. 알다시피 영감이라는 게 애매하잖아요."

그러나 그녀는 그림을 그리는 사람인만큼 사실을 바라봄에 직관적이었다.

"그렇다면 여기 어딘가의 물건에서 영감을 얻지 않았을까요?"

그녀도 유명 디자이너라고 하니, 흥미가 있는 모양이었다.

나도 기억이 나질 않으니, 뭐라고 답해줄 수는 없지만 말이다.

"같이 찾아봐요. 그래서 그게 뭔지 찾게 되면 말해주기로 해요."

"좋아요. 그리고 디자이너 이름이 기억나면 말해줘요. 궁금해요."

호기심에 들뜬 그녀의 눈이 반짝거렸다.


우리는 그리 넓지 않은 성당 내부를 돌아다녔다.

장의자 아래를 만져 보기도 하고 강단 내부를 살펴보기도 하면서, 보물찾기 하듯이 성당을 훑고 있었다.

그리고 나는 강단 옆의 작은 의자에 앉아서 그 인터뷰 기사를 생각하고 있었다.

그녀는 여전히 다른 곳을 뒤지고 있었다.

여름에 봤던 신부가 들어왔다.

"방문자님들, 거기서 뭐하는 겁니까?"

소피아를 보더니 대뜸 그녀를 알아 봤다.

"소피아 자매님. 오랜만입니다."

그리고 내게 다가와서는 준엄하게 물었다.

"그곳에서 뭐 하시는 겁니까?"

"아! 의자가 너무 편해서요. 나무 의자인데, 느낌은 굉장히 고급스러워요."

딱딱한 나무 의자가 편해봐야 얼마나 편할 것인가?

그런데 편했다.

내 몸에 맞춘 듯이, 하나도 부담스럽지 않았다.

'이유가 뭘까?'

아주 간단한 원리였다.

내 팔과 다리의 길이를 맞춘 듯이, 온몸의 체중부담을 의자가 고스란히 분산시키고 있었다.

'이렇게까지 몸의 비례와 모듈을 생각했다니, 역시 거장은 다르구나.'

나는 전생에 가구 영업을 했었다. 독일에서 들어오는 앤티크 가구와 고급 소파 등등의 물건을 취급했었다.

강남의 논현동 가구골목에 즐비한 영업장 중의 하나가 내 삶의 터전이었다.

먹고살기 위해서는 눈썰미를 높일 수밖에 없었다.

내 고객들은 모두 돈 있는 자들이었다.

그들의 생활수준이 높은 만큼 좋은 것을 입고 비싼 음식을 먹으며 고급진 주택에서 사는 사람들이었다.

운이 좋아 땅값이 올랐든, 재수가 좋아 주식이 수백 배로 뛰었든, 어쨌거나 그들은 그것을 향유할 능력이 있는 자들이었으며 그런 만큼 그들은 눈이 높았다.

그런 고객을 상대하기 위해서 나는 적어도 가구에서 만큼은 그들 위에 있어야 했다.

고객보다 내 제품을 모르면서 어떻게 장단점을 설명하고 설득할 수 있겠는가?

그런데 이 투박한 의자는 그런 고가의 제품보다 더 앤티크하면서, 더 안락했다.

"소피아도 와서 앉아 봐요."

소피아도 그곳에 앉더니, 정말 편한 듯 등까지 기대고 눈을 감았다.

"성훈. 신부님은 당신을 기억하지 못하시는 것 같은데, 전부 거짓말이었던 거예요?"

결국 나는 신부에게 다가가 그에게는 좋지 않을 기억을 상기시켰다.

"이번 여름에 다녀갔었던 김성훈입니다. 그림을 기증하라고 하셨던."

"아! 그 깍쟁이 청년이구만!"

그는 나를 그렇게 기억하고 있었다.

"크! 봐요. 나 맞지?"

신부는 그 의자가 롱샹을 방문하는 신부나 주교들이 모두 탐내던 물건이라고 했다.

"원래는 4개였는데, 얼마 전에 하나는 부서져서 3개밖에 없습니다."

신부가 소피아에게 물었다.

"자매님. 이번에는 할아버지와 함께 오지 않으셨나요?"

"네, 요즘은 뭔가 하시느라 바쁘시네요."

"흠. 오시면 의자를 손봐주실 수 있을까 기대했는데."

신부는 정말 많이 아쉬운 듯했다.

"신부님. 이 의자들도 르 꼬르뷔제 선생이 만드신 건가요?"

건축가들이 실내장식으로 쓰이는 것들을 직접 디자인하거

나 만드는 것은 그 당시로서는 흔한 일이었다.

"그건 아닌 것으로 알고 있습니다만."

"그럼 혹시 누가 만든 건지 알 수 있을 까요."

"글쎄요. 제가 여기 온 지가 10년이 넘었는데, 그전부터 있었던 겁니다. 그 자료들을 찾을 수 있을지…… 그나저나 그렇다면 가구 장인을 불러야 하나."

내 부탁을 들어줄 생각이 전혀 없는 듯했다.

고민에 빠진 그에게 말했다.

"신부님. 제가 가구라면 조금 아는데, 한번 봐도 될까요."

친해지면 부탁을 거절하기 어려운 게 인지상정이다.

아까 내가 의자를 보며 가구에 대해 좀 아는 척했던 걸 신부가 기억하고 있었던 모양이다.

"그래 주면 나야 고맙지. 이럴 게 아니라, 같이 사무실로 가십시다. 어차피 의자도 그곳에 있으니.

소피아는 아직도 그 의자에 앉아 있었다.

그녀를 불렀다.

"소피아. 같이 안 갈래요?"

"어머."

그리고 민망한 듯 입을 가리며 웃었다.

"의자가 너무 편해서요."

"그렇죠. 저도 가구에 대해서 좀 안다고 생각했는데, 정말 잘 만들었네요."

"그러게요. 우리 할아버지가 만든 의자처럼 편안해요. 아니, 그것보다도 더."

"할아버지가 꽤 솜씨가 좋으신가 봐요?"

"네, 가구 장인이세요. 요즘은 나이가 드셔서 잘 안 만드시던데, 예전에는 곧잘 만드셨죠."

"나중에 기회가 된다면 할아버지를 한 번 만나 뵀으면 좋겠네요. 저도 가구에 관심이 많거든요."

우리는 잡담을 하며 신부를 뒤쫓았다.


사무실 구석에 있는 부러진 의자가 내 눈에 들어왔다.

"신부님, 이거 맞죠?"

"맞습니다."

"용케도 부서진 걸 안 버리셨네요."

"부서지지만 않으면 원형 그래도 보전하는 거죠. 사람들이 신기술을 보러 여기 오겠습니까? 르 꼬르뷔제라는 거장의 작품 그대로를 보러 오는 거겠죠."

이곳 사람들이 전통을 대하는 방식인 건가?

가끔씩 오래된 한옥에 함석으로 된 빗물받이가 떡하니 달려 있는 것을 볼 때가 있다.

인상이 찌푸려지는 것을 막을 수가 없다. 불편한 것 안다.

그 시대의 선조들도 그 불편함을 더 겪고 살았을 거다.

물론 그 불편함을 그분들에게 겪으라고 하는 것도 오지랖

임은 알고 있다.

어쩌면 거기 살면서 보존해 주는 것만도 감지덕지한 일인지도 모른다.

그럼에도 미학적으로 보기 싫은 것은 어쩔 수가 없다.

땅으로, 기와로 떨어지는 빗물소리 대신, 녹슨 함석 물받이로 떨어지는 '통통' 소리가 왜 그렇게 듣기가 싫었던지.

잠시 상념에 잠긴 사이, 신부는 벽난로의 불씨를 살리고 장작을 집어넣고 있었다.

"조금만 기다리면 훈훈한 기운이 올라올 겁니다. 저는 자료를 찾아보고 오겠습니다."


난 의자를 이리저리 돌리며 살펴보았다.

"성훈, 가구를 다루는 게 익숙해 보이네요."

'지난 삶에서 가구 땜빵만 십 년을 했습니다'라고 말할 수는 없었다.

"나무 만지는 게 좋아서 취미로 가구를 좀 만들었어요."

소피아가 조용히 고개를 끄덕였다.

말을 해놓고 보니 뜨끔했다.

취미로 가구를 만들었다라. 조각을 했다는 것도 아니고.

어쨌거나 그녀는 이해한 듯 보였다.

"그럴 수 있죠. 제 주변의 남자들은 다 가구를 취미로 만들거든요."

대체 뭐 하는 사람들이길래, 취미로 가구를 만드냐?

주변을 둘러보니 마땅한 도구가 없었다.

"이래서 고칠 수 있으려나. 망치하고 조각칼만 가지고 는……."

"잠시만 기다려 봐요. 할아버지가 혹시 고칠 게 있을지 모른다고 염료하고 장비를 가져가라고 했거든요."

그녀가 톱과 망치를 비롯한 재료들을 가지고 왔다.

그동안 나는 의자의 분리를 끝냈다.

"엥. 성훈! 뭐하러 그렇게 다 분리를 한 거예요?"

"이왕 할 거면 처음부터 온전하게 손보는 게 나아요."

그녀의 얼굴에 뭔가 불만족스러운 표정이 어렸다.

"왜 고생을 사서 해요? 성훈 당신. 고집 세죠?"

"아뇨. 저보고 사람들이 살아 있는 보살이라고 불러요."

난 입에 침도 안 바르고 거짓말을 했다.

"쳇. 하는 거 보면 빤히 보이는데, 완전 우리 할아버지과 네요. 피. 고집쟁이들."

말투는 그랬지만 정말 할아버지를 싫어하지는 않는 것 같았다.

"알면 이거나 거들어요. 가구 장인의 손녀라면서 이런 것도 안 해보지 않았겠죠?"

"거의 못 해봤죠. 여자들은 이런 거 하는 거 아니라던데요?"

"그렇구나. 음음."

'호기심이 강해 보이는데, 하지 말라고 안 하는 성격이었나?'

그런 생각을 하고 있는데, 그녀가 말했다.

동양이나 서양이나 나이가 있는 사람들은 성역할에 대해서 상당히 민감했던 모양이다.

"그럼 별로 나무를 만져보지 못했겠네요?"

그녀는 코웃음을 치며 허리에 손을 올렸다.

"흥. 그럴 리가요. 이래 봬도 원래는 가구 장인이 목표였어요."

"정말요?"

"저도 할아버지 못지않게 고집쟁이거든요."

"그런데 왜?"

고집을 꺾었냐고 묻지는 못했다. 그녀가 대신 대답해 주었다.

"조각칼을 만지다가 크게 다친 적이 있거든요. 그 이후에는 근처도 못 오게 하세요."

그녀는 생긴 것과 달리 상당히 말괄량이였던 모양이다.

그녀에게 의자의 부품들을 내밀었다.

"이게 뭐예요?"

"제가 오늘 당신 소원 이뤄 드릴게요. 가구 장인! 이거 다 사포질하세요. 좋죠?"

그녀가 사포질을 하는 사이 나는 나무를 깎았다.

"할아버지는 뭐 하시는 분이세요?"

"음. 건축가? 가구 장인? 그 외에도 여러 가지 일을 하셨다고 들었는데, 이 두 가지가 가장 크네요."

"부모님은 뭐하시는데요?"

"아빠는 가구공장을 운영하세요."

그녀의 주변 남자들이 가구를 만들었다는 말이 왠지 이해가 되었다.

그녀도 익숙한 모습으로 사포를 들고 해체해 놓은 부속품들의 흠집을 문지르고 있었다.

"이야! 대를 이어서 하시는 건가요? 사이가 좋으시구나. 부럽네요."

그녀는 입을 삐죽이며 사포질을 멈췄다.

"흠. 같은 일을 하시긴 하지만 사이가 그닥…… 워낙 자기주장이 강하신 분들이라."

"그래서 소피는 고집 센 사람이 싫겠구나."

"꼭 그렇지 만은 않아요. 할아버지처럼 고집 있는 사람이 가끔은 매력적이거든요."

더 알고 싶었지만 초면에 너무 깊이 파고드는 것 같아서 화제를 바꿨다.

"당신은 미술을 배운 이유가 뭐예요?"

"전 사실 패션디자이너가 되고 싶었거든요."

"그럼 디자인 관련 과를 가는 것이 맞지 않나요?"

"하지만 미술의 기본이 튼실하지 못하면 안 된다는 생각이 들어서요."

그녀는 나와 생각이 비슷한 부분이 있었다.

그녀와 잠시 대화를 나누었다.


한참이 지나도 아직 신부는 돌아오지 않았다.

"자료 찾기가 쉽지 않으신 모양인데요."

"그러게요. 지금 몇 시나 됐나요?"

"이제 11시가 조금 넘었네요."

"어머, 고풍스러운 시계를 차셨네요. 보통은 우리 나이 대에는 디지털인데."

나는 '훗' 하고 웃었다.

"친구한테 선물 받은 거예요."

비행기에서 얼마나 하는 건지 물어보려다가 말았다.

패션에 관심이 있다고 하니 나보다는 잘 알겠지만, 적어도 400만 원은 넘을 것이다.

그 이상 되는 것이라면 당장 뜯어서 압둘에게 돌려보낼 것이다.

'왜냐고?'

500만 원 정도를 넘어가면 관세가 제품가의 50%가 된다고 알고 있다.

천만 원짜리면 세금으로 300만 원 이상을 내야 한다는 말이다.

'적어도 집사라면 내가 세금을 크게 내지 않는 범위에서 처리했을 거야.'

500만 원만 해도 나 같은 학생이 차고 다니기에는 과한 물건이었다.

그녀가 고개를 갸우뚱하며 물었다.

"그 친구가 부자인가 봐요. 그거 우리 아빠도 그거랑 비슷한 거 차고 있던데."

"네, 좀 부자예요."

나는 대수롭지 않게 대답하며 나무를 깎았다.

"성훈, 천천히 해요. 커피도 좀 마시고."

언제 커피를 내렸는지 그녀가 잔을 내밀었다.

그녀는 커피포트를 벽난로에 걸었다.

커피가 다시 데워지면서 고소한 향이 사무실에 가득 찼다.

후루룩.

"후우, 후우."

잠시 티타임을 가진 후, 다시 보수 작업에 몰두했다.

나무를 반대쪽의 모양과 똑같이 만들었다.

그동안 민수와 작업을 해서인지, 나도 나무와 조각칼을 다루는 데 익숙해졌다.

지금은 기존의 나무와 같은 색이 되게끔 옻물을 덧칠했다.

보수를 위한 기본 작업이 끝났다.

"이제 조립만 하면 되겠네요."

이제 나무를 끼워 넣으려고 의자를 뒤집었다.

그때 내 눈을 사로잡는 것이 있었다.

의자 에이프런(좌판 아래에 있는 다리와 다리를 잇는 세로판) 귀퉁이
에 작게 글자 끄트머리만 나와 있었다.

나무망치로 톡톡 치면서 에이프런을 떼어냈다.

소피아가 그걸 왜 떼냐는 듯, 의아하게 나를 바라봤다.

'아! 프랑스어네.'

칼로 새겨진 거였는데, 안타깝게도 프랑스어였다.

그녀를 돌아보며 말했다.

"소피아, 내가 아까 디자이너 얘기 했었죠."

"그게 왜요?"

나는 대답 대신 씨익 웃었다.

"찾았어요? 정말로? 농담일 거라 생각했는데."

"왜 그렇게 생각했죠?"

"저 따라다니면서 수작 거는 남자들 무지 많았거든요."

"전 다를 걸요."

"무슨 근거로?"

"이게 증거죠."

내 손에 든 에이프런을 내밀었다.

그곳에는 내가 읽지 못하는 프랑스어로 된 글자가 있었다.

"엇!"

"설마 내가 10년도 훨씬 전에 당신에게 보여주려고 써 두 진 않았겠죠?"

"진짜네?"

그녀는 믿을 수 없다는 표정으로 다가와서는 에이프런을 받아 들었다.

"소피아, 뭐라고 쓰여 있어요? 전 읽을 수가 없어요."

"내가 프랑스 말을 안다고 누가 그래요?"

"치사하게 혼자서만 알고 있기 없어요. 당신이 불어를 한 다는 것 정도는 알아요."

그녀의 독일어에는 프랑스 억양이 섞여 있었기 때문이다.

그렇게 익숙하지는 않더라도, 어느 정도는 할 것이라는 확 신이 있었다.

"쳇. 아저씨처럼 말을 하면서 눈치는 엄청 빠르네요."

그녀의 말보다 에이프런에 적힌 말을 가리켰다.

"'존경하는 스승, 르 꼬르뷔제를 기억하며…… 파리에서. 조르당'이라고 쓰여 있네요."

"스승에게 바치는 선물인가?"

"그럼 제자겠네요? 거장의 제자!"

그녀는 궁금증이 동한 모양이다.

내가 아는, 그래 봐야 아주 좁은 지식이지만 그의 제자나 동료 중에 조르당이라는 이름을 가진 자가 있었던가?

"글쎄요. 난 잘 모르겠네요."

소피아가 손뼉을 치면서 말했다.

"그의 숨겨진 제자일지도 몰라요! 아, 낭만적이야."

'왜?'

난 그럴 이유가 없다고 생각했다.

"그건 말이 안 돼요."

"왜? 왜 그렇게 생각해요?"

"단지 르 꼬르뷔제의 제자나 동료였다는 말만 해도, 영향력 있는 건축가로 이름을 날릴 수 있을 텐데 말이죠."

물론 그럴 능력이 되었으니, 르 꼬르뷔제와 같이 작업할 수 있었겠지만, 워낙 위대한 건축가이다 보니 꼬리표가 붙는 것은 어쩔 수 없다.

우리나라의 김중업 선생 또한 거장의 이름 덕을 본 것도 있겠지만, 그의 그림자에서 자유로울 수는 없었다.

그러나 득실이라는 관점에서 본다면 어떤 쪽으로 저울추가 기울까?

"당연히 밝히는 게 이득이죠. 그렇죠? 소피아."

"그래도 숨기는 데는 그만한 사연이 있겠죠. 그러니까 더 궁금하지 않아요?"

환한 미소로 나를 종용했다.

그녀의 말도 신빙성이 있었다.

제자가 아닌 자가 제자라고 할 리가 없지 않은가?

그럼에도 알려지지 않았다? 그렇다면 이름이 알려지기 전에 죽었을 수도 있다.

르 꼬르뷔제는 2차 대전 당시를 살았던 인물이다.

전쟁 중에는 무슨 일이 있어도 이상하지 않을 터였다.

"다른 것에도 이런 글이 있지 않겠어요? 우리 뜯어 봐요."

"신부님이 아시면?"

"뜯지 못하게 하실걸요?"

하도 소피아가 호들갑을 떨어서 다른 의자의 좌판만 분리해 보았다.

똑같은 문구밖에 없었다.


신부는 누렇게 색 바랜 일지를 들고 왔다.

"30년 전에 누가 기증하고 간 거네요. 그 당시 관리자가 잘 어울린다면서 받아두었다고 적혀 있어요."

30년 전이라면 르 꼬르뷔제가 작고하던 해인가? 다음 해인가?

신부가 말을 이었다.

"누군지는 알 수 없네요. 미안해요. 형제님. 그런데 의자는 왜 다 여기에 와 있습니까?"

"다른 의자들은 어떻게 접합했는지 보려고……."

말도 안 되는 어색한 변명을 해댔지만, 신부는 별말 하지 않았다.

고쳐져 있는 의자를 보며 수고했다고 고마워했다.

소피아의 말처럼 심상치 않은 사연이 있을 것 같았다.

처음 팔걸이에 팔을 걸치고 앉았을 때, 금세 알 수 있었다.

딱딱한 나무로 된 의자였다. 그런데 가벼웠다. 좌판과 팔걸이까지의 길이가 어떻게 자로 댄 듯 딱 맞는지, 그리고 등받이의 기울기도 등의 곡선과 맞닿았다. 엉덩이와 팔꿈치, 허리까지 모든 체중을 의자에 골고루 분산시킨다.

얼마나 인간에 대한 연구가 철저했으면 이렇게 맞춤형처럼 편안할 수 있는 것일까?

멀리서 볼 때는 투박해 보였지만, 앉아서 느끼는 의자 마감은 말할 수 없이 세련되어 있었다.

이게 어떻게 30년이 넘은 의자라는 말일까? 가능하기나 한 것인가?

손때 묻은 부분이 있고 세월에 퇴색된 부분도 있었지만, 그나마도 일부러 그렇게 만든 것처럼 보였다.

이걸 만든 장인은 어떤 사람일까?

신부가 재밌다는 듯 목록을 뒤적이더니 감탄하며 말했다.

"오호라. 이 의자에는 히스토리가 있네요. 이거 보세요."

그와 소피아는 그 히스토리를 보며 웃고 있었다.

"저 이전의 신부님이 유난히 아끼셨네요. 아이들이 장난을 치다가 부서뜨려서 눈물을 흘렸다고……."

"어머, 미사를 보러 오셨던 주교님은 의자 하나만 가져가면 안 되겠냐고…… 말도 안 돼! 주교님이."

만나보고 싶었다.

어디서부터 시작을 해야 할지 막막했지만 자리에서 일어섰다.

파리, 조르당, 르 꼬르뷔제. 나이는 최소한 50대는 넘었을 것이다. 르 꼬르뷔제가 죽은 지 30년이 되었으니.

"성훈, 어디 가게요?"

"누군지 궁금해서요."

"어떻게 가려고요?"

나는 아무런 대책이 없었다.

그녀가 말했다.

"따라와요."

"당신은 왜 가려고요?"

"나도 궁금하거든요. 여러 가지로."

여러 가지라니, 뭐가?

그녀의 차 앞에 섰다.

독일의 국민차. 구형 폭스바겐이었다.

"아빠가 내 탄생일을 기념해서 구입한 거래요. 그래서 나랑 나이가 같아요."

"관리가 잘되어 있네요."

"그럼요. 아빠가 딸처럼 아꼈던 차인데요. 키도 얼마 전에 받았어요."

손가락에 키홀더를 돌리면서 내게 자랑을 했다.

차에 탔다.

"고마운 줄 알아요. 조수석에 처음으로 타는 남자니까."

"감사합니다. 태워주셔서."

그녀가 파리를 향해 운전을 시작했다.


고속도로를 시속 40㎞로 달렸다.

"왜 이렇게 천천히 몰아요?"

지금껏 한마디 말도 없이, 앞만 보고 달리던 그녀가 날카롭게 쏘아 붙였다.

"시끄러워요. 안전운전 몰라요? 안전운전!"

34장
힐링 여행(2)

'보통 100㎞ 속도라면 4시간 안에 도착하겠지만…… 후.'

저렇게 돌변해서 짜증을 내는 것을 보니 스트레스가 이만 저만이 아닌 것 같았다.

"소피아, 내가 운전하면 안 될까요?"

"핸들하고 남편은 딴 사람한테 맡기는 게 아니랬어요."

이 사람아. 그건 당신한테는 해당 안 되는 말이거든. 나 아직 생명보험도 안 들었다고.

'그래도 이렇게 저속이니, 사고는 안 나겠지. 저녁쯤에는 도착하지 않을까?'

신경을 끊고 전화를 걸었다.

단서는 있다지만 그건 말 그대로 30년 전의 단서였다.

'강산이 세 번이나 변했는데, 남아 있을까? 알 만한 물어 보는 것이 빠르지.'

한국은 아직 아침 6시쯤 되었을 것이다. 일단 전화를 걸 었다.

"한 교수님, 성훈이에요."

―음, 성훈이냐. 잘 도착했냐?

그는 아직도 잠이 덜 깬 모양이었다.

"르 꼬르뷔제 제자들 중에 조르당이라는 사람이 있었나 요? 전 못 들어본 것 같아서요."

―갑자기 그건 왜?

한 교수에게 이번에 롱샹에 들렀다가 의자를 수리하게 된 사연을 이야기했다.

―성훈아. 예전에 르 꼬르뷔제 연구를 하다가 그 이름을 본 것 같기는 한데.

'있기는 있었구나. 흔적 정도는 찾을 수 있겠네.'

한 교수가 하품을 하며 말을 이었다.

―기억이 가물거리니까. 사무실 가서 찾아보고 전화 줄게.


소피아는 너무 긴장한 것 같았다.

신부가 준 군밤을 까서 그녀의 입에 넣어줬다.

"이거라도 씹어요. 마음이 편해질 테니."

내가 익히 아는 초보자의 자세였다.

엉덩이를 뒤로 빼고 양손으로 핸들을 부여잡고 눈은 오로지 전방주시.

'이런 운전 실력으로 어떻게 룽샹까지 왔을까?'

한참을 가는데 내가 긴장하고 있음을 깨달았다.

운전자가 위축되면 당연하게 탑승자에게 그 느낌이 옮을 수밖에 없었다.

'긴장을 풀어줄 방법은 없을까?'

"소피아, 당신은 아름다워요."

그녀는 입을 삐죽거렸다.

"성훈. 지금 나한테 작업 거는 건가요?"

피식거리며 웃는 그녀의 입에 군밤을 집어넣었다.

"설마. 이렇게 대놓고 작업하는 남자는 없었을 텐데."

"그렇긴 하네요. 신선해요."

오물거리며 밤을 씹는 그녀의 볼에 보조개가 패었다.

"그런데 별로 그렇게 매력적이진 않아요."

몹쓸 말을 들은 것처럼, 그녀는 고개를 내 쪽으로 확 돌렸다.

"이봐요. 그게 무슨?"

'맙소사!'

그녀의 핸들도 내 쪽으로 돌아갔다.

그녀의 핸들을 원래 방향으로 잡아 틀며 다급히 전방을 향해 손가락질을 했다.

"안전운전!"

다시 그녀의 눈이 전방으로 돌아갔다.

분명히 그녀는 방금 무슨 일이 있었는지 모를 것이다.

'긴장 한번 풀어주려다가 골로 갈 뻔했네. 휴.'

조심조심 그녀에게 물었다.

어차피 내게 선택의 여지는 없었다.

돌아갈 수도 없고 혼자 갈 수도 없다.

'히치하이킹? 이 겨울에! 지금까지 우릴 지나간 차가 한 대도 없었다고.'

"지금 당신 자세가 어떤지 알아요?"

"어때서요?"

여자에게 매력이 없다니, 살짝 열이 받은 듯했다. 목소리에 날이 섰다.

앉은 자세로 조수석에 양발을 올리고 쪼그린 채 팔만 내밀었다. 그리고 목은 쭉 앞으로 뺐다.

"봐요."

멀쩡하게 생긴 남자가 방구석에 불쌍하게 쪼그려 무릎을 껴안은 모습이었다.

나를 힐끔 보더니 화를 내기는커녕 그녀는 핸들을 치면서 웃었다.

"오호호. 그게 뭐예요? 거북이?"

난 그녀의 핸들을 보정해 주며 말없이 그녀를 가리켰다.

이곳처럼 도로 양쪽이 침엽수림인 곳에서 미녀와 드라이

브를 한다면 행복함이 마땅하지 않겠는가?

그러나 나는 목숨의 위협을 받고 있었다.

그녀의 눈이 튀어나올 듯이 커졌다.

코발트블루의 눈동자가 환하게 드러났다.

흰자위는 실핏줄 하나 보이지 않고 새하얗다.

"나?"

난 고개를 끄덕였다.

"그 자세, 그대로 천천히 브레이크를 밟아요."

우리 앞뒤로 오가는 차들은 없었다.

어차피 40㎞도 안 되는 속도였으니 차는 금방 섰다.

"자, 이제 당신의 모습을 봐요."

그녀는 내 말이 거짓이 아님을 알았다. 더도 덜도 아닌 딱 그 자세였거든.

"이제 주변이 얼마나 아름다운지 봐요. 긴장할 이유가 없어요."

양쪽으로 메타스콰이야 같은 거대한 나무들이 줄지어 서 있었다.

"흥. 아직 숙달되지 않아서 그런 것뿐이에요."

"맞아요. 원래 처음에는 그래요."

"그런데 뭐가 문제죠?"

문제될 것은 없다. 나만 타고 있지 않다면.

"다른 사람들 운전하는 모습을 본 적 없죠?"

당연히 볼 일이 없었을 것이다.

운전을 하지 않았을 때는 관심이 없고 운전대를 잡으면 긴장해서 보이지 않는다.

그녀가 고개를 끄덕였다.

"잘 관찰해 봐요. 성격 보이니까."

"당신은 어떻게 운전하는데요?"

그녀의 입에서 이 말이 나오기를 기다렸다.

"말로 설명할 수 있는 게 아니죠."


자리를 바꿔 앉았다.

익숙한 자세로 출발을 했다.

급발진, 급가속은 하지 않는다.

기름 한 방울 나지 않는 나라에서 그런 행위는 허세, 그 이상의 의미가 없다.

시트에 등을 기대고 편안하게 운전하면서 그녀에게 주변 경관과 볼거리들을 알려 주었다.

"저기, 저 나무 위에는 새 둥지가 있네요."

"정말요?"

조수석에서는 보이지 않았던지, 그녀는 창밖으로 얼굴을 쭉 빼고 둥지를 확인했다.

그러고는 탄성을 내질렀다.

"그런 건 또 언제 봤어요? 난 하나도 안 보이던데."

보일 리가 없다.

그녀 눈에 보이는 건 오로지 아스팔트와 노란색 라인뿐이었을 테니까.

"삼 분쯤 있으면 큰 바위 옆을 지나갈 거예요. 그 옆으로 시내가 흐르고 있어요. 잘 어울리네요."

역시 내 말대로 바위가 나왔다.

그녀가 입을 쩍 벌리고는 나를 쳐다본다.

"당신 여기 처음 아니죠?"

"보는 법 가르쳐 줄까요?"

그녀가 격렬하게 고개를 끄덕였다.

"등을 시트에 편안하게 기대세요. 고개를 전방을 주시해요. 뭐가 보이죠."

"도로가 보여요."

"그리고요?"

그녀는 묵묵부답이었다.

'조수석인데도 운전하는 기분인 건가?'

"멀리 봐요. 소피아. 바로 앞이 아니라, 멀리."

그리고 말을 이었다.

"바로 앞에는 아무것도 없어요. 당신이 인지할 수 있는 것은 아무것도."

그녀의 눈동자가 전방 멀리를 주시했다.

산들이 어깨를 자랑하듯 줄줄이 서 있었다.

어제 밤부터 내린 눈에 덮여 하얀 눈옷을 입고 있어서 한 폭의 그림 같았다.

그녀가 숨을 크게 들이쉬었다.

"정말 아름다워요."

"물론 목적지로 가기 위해 운전을 하지만, 그것만 있으면 너무 삭막하죠. 드라이브는 그 자체가 여행이에요."

그녀는 천천히 고개를 끄덕였다.

그녀가 내 입에 군밤을 넣어주며 말했다.

"이제 바꿔요."

그녀를 슬쩍 쳐다보았다.

"……."

재미있는 놀이를 빼앗긴 듯 억울한 눈빛을 한 그녀가 나를 보고 있었다.

'이거 참. 이길 수가 없네.'


그녀가 운전대를 쥐며 말했다.

"당신은 운전을 적어도 10년 이상 해본 것 같아요."

사실은 그렇다.

경력만 따지면 20년이 넘었을 것이다.

누구나 하는 운전이지만 그동안 나의 부주의로 사고가 난 적은 딱 한 번이었다.

지금과 비슷한 눈길에서 속도를 내다가 미끄러져서 주마

등을 체험하고 차를 폐차시켰었다.

그 이후로는 눈이 오지 않아도 과속, 혹은 난폭운전을 해본 적이 없다.

지난 삶에서의 일이지만, 막 차를 샀을 무렵에는 음주운전도 해봤었다.

내 애마를 누군가가 건드리기 싫었기 때문에 나온 행동이었다.

'절대로 해서는 안 될, 미친 짓이었지.'

지금도 생생히 기억이 난다.

그날의 음주운전은 술김이 아니었으면 할 수 없는 짓이지만, 내 스스로도 음주운전을 할 수 없게끔 만들었다.

그 기억 자체로도 충분히 소름이 돋는다.

사고가 난 것도 아니었고 안전하게 주차를 했다.

음주운전을 해서는 안 된다는 것을 깨달은 것은 그다음 날 아침이었다.

취중 기억으로는, 내가 운전하는 느낌이 아니었다. 어떤 미친놈이 핸들을 잡고 지랄하는 느낌이었다.

사고는 나지 않았지만 나는 살인자, 혹은 돌이킬 수 없는 사고를 저지른 범죄자가 될 수도 있었다.

차라리 필름이 끊겨서 기억이 나지 않았었다면 그다음에도 나는 계속 그런 미친 짓을 했을지도 모른다.

다행스럽게도 그 기억은 되돌아온 지금도 내 뇌리에 각인처럼 새겨져 있다.


"그럭저럭 운전은 해봤죠."

아까보다 한결 나아진 자세로 그녀는 운전을 하고 있었다.

"소피아, 어깨에 힘 더 빼고."

"칫."

"등은 시트에 더 붙이고 편안한 자세로 하라고요."

"흥. 알았어요."

머리로 안다고 금방 될 수 있는 것이 아니다.

"저기 산 보여요?"

그녀가 흠칫 놀랐다.

그녀가 지금 뭘 보고 있는지는 안 봐도 알 수 있다.

차의 진동만 느껴도 그녀의 긴장 상태를 알 수 있으니까.

"……네."

"봉우리 몇 개."

"……."

"더 천천히 가도 돼요. 시간 많으니까."

나는 이 말을, 얼마 지나지 않아 후회하게 된다.

하지만 그녀는 이제 경관을 즐기면서 운전을 할 수 있게 되었다. 여전히 속도는 40㎞였지만.

'될 대로 되라지!'

시간이 조금 지난 후, 그녀가 말했다.

"어머, 군밤이 이렇게 맛있었어요? 더 까봐요."

나도 편안하게 주변 경관을 즐기면서 군밤을 까기 시작했다.

그녀는 이제 초보운전의 일부능선을 막 통과하고 있었다.


─성훈아. 찾았다.

한 교수의 첫 마디였다.

"수고하셨습니다. 어떤 내용입니까?"

─찾긴 찾았는데 말이다.

한 교수의 망설이는 듯한 목소리였다.

"문제가 있나요?"

─내 생각엔 너무 일방적으로 치우친 기사가 아닌가 싶다. 적당히 가려서 판단해라.

"네, 말씀해 보세요."

─같이 봤으면 좋겠는데, 일단 읽어줄게. 1950년에 2차 대전이 끝나고 나서, 르 꼬르뷔제를 변호하는 신문기사야.


〈르 꼬르뷔제는 나치에 협력했다는 오해를 받고 있다. 그러나 그것은 그를 깎아내리기 위한 독일 측의 터무니없는 음해공작이다.〉


그렇게 시작된 기사는 시종일관 르 꼬르뷔제를 옹호하고 있었다.

그리고 그가 나치와 협력했다라고 의혹을 받는 부분에 대해서는 조르당이라는 사람이 한 짓이라고 말하고 있었다.

진실은 알 수 없지만, 적어도 그 기사는 그것만을 주장하고 있었다.

"흠. 결국 르 꼬르뷔제는 조르당이라는 사람에게 이용을 당했다는 거군요."

─그렇기는 한데, 이 기사 어디에도 조르당이라는 사람의 실체가 없어. 일각에서는 이 신문사에서 르 꼬르뷔제를 보호하기 위해서 조작해 낸 인물이라는 설도 있더라고.

"그것 말고 다른 기사는 없나요?"

─결국은 같은 소리의 반복이야.

'그렇군' 하면서 고개를 끄덕이는데, 한 교수의 말이 이어졌다.

─너 쉬러 간다고 하지 않았냐? 또 무슨 일에 엮인 거냐?

"아뇨. 진짜 쉬고 있어요. 여행도 하고 있고."

지금 내 마음 상태가 그렇다.

잘돼서 찾으면 대박, 못 찾아도 여행이라는 목적은 달성한다. 내 옆의 미녀는 옵션이다.

건축과 아주 상관없다고는 할 수는 없었지만 적어도 일을 하는 것이 아니었다.

잠시 건축에서 떠나 사람을 찾는 것도 하나의 쉼이 될 수 있으리라.

"어머, 벌써 해가 지는데요?"

그녀가 딱정벌레차의 헤드라이트를 켜면서 말했다.

산속의 어둠은 빨리 온다. 그리고 아늑하다.

혼자서 운전을 했다면 이럴 일도 없었겠지.

그러나 기분이 나쁜 것은 아니었다.

얼굴의 미추로 사람을 판단할 나이는 지났지만, 아름다운 사람과 있으면 공기 또한 청량하게 느껴지는 것이 사실이었다. 욕해도 어쩔 수 없다. 하지만 욕먹을 짓을 하지는 않을 테니까.

한 교수는 다른 기사들도 읽어줬었다.

그 조르당이라는 사람이 원래는 독일인인데, 르 꼬르뷔제에게 배우기 위해서 프랑스인인 척하고 접근을 했다는 설.

르 꼬르뷔제를 나치의 편으로 만들어서 그를 정치적으로 이용하려는 비열한 목적이었다는 음모론도 있었다.

그러나 그 어느 것 하나도 명확한 것은 없었다.

지금 우리는 모닥불 앞에서 불을 쬐고 있다.

불과 5분 전의 일이었다.

"여기가 어디쯤이에요? 지도대로라면 트루아 정도를 지나치고 있어야 할 텐데."

그녀는 아무렇지 않게 답했다.

"이 길이 맞아요. 외삼촌 집이 파리라서 이 길로 많이 다녔어요."

뭘 근거로 그렇게 확신하는 걸까?

"거 봐요. 플라타너스가 있는 길이 나오잖아요."

'플라타너스? 저거 버드나무라고 겨울이라 잎 떨어지면 다 그게 그것처럼 보이나?'

밤길이니 착각할 수 있다고 치자.

갈림길을 몇 개는 지나쳐야 하는데, 평온하게 한 길만을 달리고 있었다.

그렇게 우리는 조난을 당했다.

크게 걱정하지는 않는다.

'여기는 인도네시아의 밀림이 아니다. 프랑스 어딘가의 도로다. 정 안 되면 히치하이킹이라도 하지 뭐.'

그녀가 말했다.

"미안해요."

"괜찮아요. 이런 게 여행의 묘미죠. 소피아. 당신은 차 안에 들어가서 자지 그래요?"

"뭘요. 바람도 안 불고 포근하네요."

그녀가 차에서 와인과 먹을 것, 그리고 모포를 가지고 왔다.

차에서 히터를 틀면 되지, 왜 이런 궁상이냐고?

그러다가 완전히 기름이 떨어지면 그때부터는 정말로 히

치하이킹밖에 답이 없거든.

"원래 이렇게 노숙을 하려고 했던 건가요?"

그녀가 피식 웃었다.

"전혀요. 남자와의 노숙은 제 계획에 없었거든요."

그저 그녀의 말에 어깨를 으쓱거렸다. 뭔 할 말이 있는가?

"할아버지께 드리려고 가져오던 거예요. 이번에는 못 가실 것 같다고 해서 먼저 롱샹에 들른 거구요."

난 배낭에서 작은 코펠을 꺼내 시내에서 물을 받아왔다.

"당신. 코펠을 왜 가져왔어요?"

"저도 이런 건 계획에 없었어요. 여행은 예상할 수 없는 것투성이죠."

나는 3분이면 되는 스프를 그녀 앞에 흔들어 보였다.

간단한 식사를 하면서 와인을 마셨다.

"소피아. 당신은 어떤 사람이 되고 싶어요?"

"패션 디자이너가 되고 싶어요."

"당신은 모델이 더 어울릴 것 같은데요?"

"제가 모델도 같이하면 되는 거죠. 전 할아버지처럼 장인이 되고 싶지만, 기회가 된다면 모델도 해보고 싶었거든요."

이런저런 이야기를 나누고 있다가 조용히 하늘을 바라보

앉다.

까만 가운데 별들이 점점이 찍혀 반짝이고 있었다.

'내가 이런 하늘을 본 적이 언제던가?'

사람은 딱 자기 눈높이 아래에 있는 것만 보는 신기한 동물이다.

"구름 한 점 없네요. 소피아."

그녀는 대답 대신 머리를 내 어깨에 기댔다.

'응?'

살며시 불어온 바람이 그녀의 샴푸향을 내 코로 실어 날랐다.

앞으로 서서히 기울어지는 그녀의 이마를 내 어깨와 나무 사이에 올려놓았다.

모닥불이 춤추는 그녀의 하얀 얼굴에, 연갈색의 속눈썹이 조용히 내려앉아 있었다.

익숙하지 않은 운전을 하느라 많이 피곤했던 모양이다.

"이런. 좀 더 이야기를 나누고 싶었는데."

아쉬움을 삼키고 옆으로 흘러내린 모포를 당겨 그녀의 어깨를 감쌌다.

'프랑스에서 맞는 첫 번째 밤은 정말 잊을 수 없겠는걸.'

나도 자세를 편히 하고 그녀의 머리에 내 뺨을 기댔다.

잠이 오려는 건가, 팔과 다리에 힘이 쭉 빠졌다.

'얼마 만에 느끼는 탈력감인가?'

밀려오는 노곤함에 사지와 뇌가 잠에 젖어 들었다.

한밤중에 잠에서 깨어났다.

'정신없이 잤네.'

한겨울 눈 오는 산속에서 노숙을 하면서 잘 잤다는 말은 어폐가 있겠지만, 어느 순간 설탕 녹듯이 편안하게 잠이 들었다.

내 머리에는 베게가, 내 어깨에는 모포가 덮여 있었다.

'분명히 나무에 앉아서 잠이 들었는데.'

나는 모로 누워서 자고 있었다.

'베개를 베어준 건가?'

베개를 좀 더 편히 베려고 더듬거리는데, 모닥불이 꺼져가는 것이 보였다.

'소피아는 추워서 차에 들어간 건가?'

차라고 따뜻할 리는 없다.

히터를 트느라고 시동을 밤새 걸어뒀다간, 기름을 다 써버릴 테니 그렇게 하지 않을 것이다.

몸을 일으키는데, 뒤에서 부스럭 거리는 소리가 들렸다.

고개를 돌리니 소피아가 나무에 기대어 꾸벅꾸벅 졸고 있는 모습이 보였다.

'그럼 이 베게는……'

그녀의 허벅지였다.

얇은 청바지에서 온기가 올라오고 있었다.

'어떡하지. 더듬거리기까지 했는데.'

그녀는 잠에 취해 알아차리지 못한 듯했다.

"일어나자."

잠은 이미 충분히 잤다.

한 교수가 얼마나 더 정보를 모았는지 모르겠지만 전화를 걸어봐야 했다.

그나저나 그녀 모르게 실수를 해버렸다.

'이런 미안해서 어떡하지?'

내가 해줄 수 있는 것이 뭐가 있을까?

내가 덮고 있던 모포를 모닥불 옆에 놓고 그녀를 그곳에 눕혔다.

어제 운전을 하느라 많이 피곤했던지, 안아도 춥다고 잠꼬대만 할 뿐 깨어나지는 않았다.

그녀에게 모포를 덮어주고 주변의 나뭇가지를 주워왔다.

모닥불을 살리고 그녀를 마주 보고 앉았다.

지금 소피아는 나를 보며 자고 있다.


"한 교수님, 더 알아낸 정보는 있나요?"

─르 꼬르뷔제 주변의 자료들은 더 이상 찾을 수 없고 직접 탐문수사 하는 식으로 할 수밖에 없지.

"거의 불가능하겠는데요?"

－그렇다고 봐야지. 그 시절에 프랑스에서 활동하던 독일인들에게 포인트를 맞춰야 하는데, 자료가 너무 없어.

"분명히 존재하기는 했지만, 드러내고 활동할 수 없었다? 안타깝네요."

－그렇지. 실제로 존재했던 사람이라 가정하면 정치에 이용당한 꼴밖에 안 되는 거지.

"세상 밖에 나올 수 있었던 또 하나의 건축가가 싹도 틔우기 전에 묻혀 버린 거네요."

문서상으로만 존재했던 사람이 실재했었다는 것은 내가 직접 확인을 했다.

－그런 거지. 도움이 못 돼서 미안하다.

"중요한 거 아니에요. 너무 신경 쓰지 마세요."

－성훈아. 굳이 내 의견을 말하자면······.

"으음."

소피아가 잠이 깬 모양이다.

내 목소리 때문이리라.

"음, 성훈. 뭐 하세요?"

그녀가 내 쪽으로 고개를 돌렸다.

한 교수는 이쪽 상황을 모르니, 계속 이야기하고 있었다.

"잠시만요, 교수님. 소피아, 더 자."

그녀의 머리를 베개 쪽으로 살며시 눌렀다.

"아암."

아직은 잠이 덜 깬 듯 잠투정을 한다.

그녀의 머리를 쓰다듬으며 자장가를 불러줬다.

내일도 이런 강행군이 될 텐데, 체력을 비축해 두지 않으면 어려울 것이다. 물론 잠을 자고 내가 운전하는 것도 좋은 방식이지만!

"엄마가 섬 그늘에~"

자장가가 거의 끝날 때 즈음, 그녀의 숨소리가 평안해졌다.

아기처럼 티 없이 평안한 얼굴로 잠이 들었다.

모닥불을 더 키웠음에도, 아직은 추운지 모포를 끌어안고 몸을 웅크렸다.


"교수님, 그래서요?"

나뭇가지를 모닥불에 끼워 넣으면서 그녀에게서 멀어졌다.

한 교수가 장난스럽게 웃었다.

—흐흐흐. 여자랑 같이 있냐?

"앱니다. 애. 자장가 소리 못 들으셨어요?"

—야. 거기는 애도 어른 같아!

"됐구요. 나이도 드실 만큼 드신 양반이."

—쳇.

"그래서 교수님 의견은요?"

—아마도 그 가구 장인이라는 독일인이 뭔가 알고 있지 않을까 싶다.

"알았어요. 고맙습니다.

한 교수가 말했다.

―흐흐흐, 성훈아. 건투를 빈다.

차마 고함을 칠 수 없어서 화난 목소리를 쥐어짰다.

"끊습니다, 교수님."

전화를 끊으려는데, 수화기 너머로 선영의 호들갑스러운 목소리가 들려왔다.

―교수님! 성훈 선배, 거기서 여자 만났대요?

―내 직감으로 볼 때, 백 퍼센트다.

―어머. 짐승?

'젠장. 오해라구!'

탁.

더 말해봐야 믿지도 않을 거고 나만 말 안 하면 된다.

얼떨결에 소피아의 허벅지를 만지며 짐승이 되고 말았지만 그건 내 의지가 아니었다. 나는 신사다.


시내에 내려가서 세수를 하고 코펠에 물을 담아왔다.

사실은 그녀의 자는 얼굴을 계속 보고 싶었지만, 깨어났을 때 시커먼 남자가 보고 있다는 것을 알게 되면 얼마나 놀라겠는가?

'잘생긴 미남도 아닌데.'

내 스스로 못생겼다고 생각해 본 적은 없지만, 미남이라고 말하기에는 양심에 찔렸다.

'해장이나 하지 뭐.'

우리 주변으로 빈 와인병 두 개가 굴러다니고 있었다.

뭘 먹을까? 배낭을 뒤지며 고민에 빠졌다.

외국 여행하면서 가장 힘든 것?

먹거리다.

'해결책은 많고 많겠지만, 나 같은 고학생은 라면이다.'

돈도 많으면서 웬 궁상이냐고?

삶의 수준을 올리는 것은 쉽다. 돈만 있으면 되니까.

그 반대는 지옥의 불구덩이를 들어가는 것처럼 느껴진다.

짠돌이처럼 살 생각은 없지만, 굳이 외국에서 한국 식당을 찾아가고 싶지는 않았다.

'과연 그 한국 식당이 이 라면만큼 내 입맛에 맞을지도 알 수 없고.'

돈 쓰고 맘에 안 들면 그건 돈을 버리는 거다.

압둘 정도나 되면 몰라도, 내 수준에서 할 수 있는 행동은 아니었다.

"그래서 라면을 종류별로 사왔지룽."

아무리 맛있는 라면도 많이 먹으면 질린다.


물을 끓이면서 들었던 생각은 '그냥 모른 척 좀 더 베고 있을 걸' 하는 거였다.

어처구니가 없었지만 사실이었다.

'바보, 등신!'

천사의 무릎을 베고 자면서 알지도 못 하다니.

그렇게 스스로를 원망하고 있을 때, 그녀가 일어났다.

내 쪽을 보면서 누운 채 가만히 눈을 떴다.

의도적으로 그녀를 보고 있었던 것은 아니다.

나는 코펠에 라면을 끓이고 있었다.

그녀 쪽으로 엉덩이를 두고 싶지 않아서 그녀와 마주 앉아서 요리를 하고 있었다.

"음…… 성훈."

소리가 들려서 그녀를 바라보았다.

"소피아, 잘 잤어요?"

모포를 반쯤 걷어낸 그녀는 인어공주처럼 앉았다.

그러고는 양손으로 헝클어진 머리를 정리했다.

"지저분하죠?"

그냥 말없이 미소 지었다.

내가 무슨 할 말이 있으랴. 아침햇살보다 빛나는 얼굴을 앞에 두고 말이다.


"어떻게 잠들었는지 기억이 안 나네요."

모포를 정리한 그녀는 미간을 짚으며 배를 어루만졌다.

술이 어지간히 약한 모양이다.

어제도 금방 취해서 자버리더니.

나는 스푼으로 스프의 간을 보며 말했다.

"속 쓰리죠?"

그녀는 미간을 찌푸리며 고개를 끄덕였다.

"씻고 와요. 라면 끓여놓을 테니."

이제 막 국물이 끓어오르기 시작했다.

라면은 그녀가 씻고 올라올 때 넣으면 될 것이다.

개울로 향하던 그녀는 코펠 안을 들여다보고는 말했다.

"이 둥둥 떠다니는 것은 뭔가요?"

"팽이버섯이요."

"어디서 난 거예요?"

"아까 새벽에 나무 구하러 갔다가 발견했어요."

그녀의 얼굴에 묘한 미소가 걸렸다.

"별걸 다 할 줄 아네요."

'지난 삶에서 등산 동호회 활동을 좀 했었습니다'라고 말할
수는 없지 않은가?

"소피아, 눈곱 끼었어요."

"정말요!"

그녀는 얼굴을 양손으로 가리고 부리나케 시내로 뛰어 내
려갔다.


"후우."

그녀의 이마에는 송골송골 땀방울이 맺혀 있다.

연신 손부채질을 하면서, 분홍색 혓바닥을 날름 내밀었다.

"성훈, 매워요. 엄청!"

"맵기는요. 맛만 좋구만."

난 코펠을 들고 국물을 들이마셨다.

"밥만 있으면 딱 좋을 텐데."

그녀가 나의 손을 잡았다.

"내 것도 남겨줘요."

"맵다면서요."

"그래도 맛있어요."

그녀의 말대로 국물은 팽이버섯의 향을 풍기면서 독특한 맛을 내고 있었다.

'하긴! 여기서 뭘 먹는들 맛이 없겠어?'

지금 우리는 파리로 가고 있다.

"소피아, 파리를 잘 아는 것 같던데."

"요즘은 연락이 뜸하지만, 외삼촌이 파리에 살아요."

프랑스 말도 잘하더니 그런 이유가 있었던 모양이다.

"소피아는 프랑스와 연관이 많은가 봐요."

"당연하죠. 엄마가 프랑스인이니까요."

그럴 수도 있겠다는 생각이 들었다.

이곳은 한국과는 완전히 문화가 달랐다. 국제결혼에 거부감이 없는 곳이었다.

"언제 결혼하셨는데요?"

"대략 1960년대 후반, 70년대 초반?"

"서로 많이 사랑하셨나 봐요. 그래도 그 시절이면 그렇게 쉽지는 않았을 텐데."

유럽연합의 결성이 1960년대 후반이었다. 2차 세계대전 때문에 독일의 이미지가 마냥 좋지는 않았을 것이다.

"왜요? 어릴 때부터 좋아했다고 하시던데요."

"당신 부모님이 어릴 때는 2차 세계대전 때라고요."

"그게 어때서요? 사랑에 국경이 어디 있어요."

하긴 사랑에 역사는 또 무슨 상관이랴!


"성훈, 졸려요."

그녀가 나를 보며 상큼한 미소를 지었다.

누구에게나 이런 미소를 지어줄까?

"잠 오면 자면 되죠."

그녀는 나를 빤히 쳐다본다.

무슨 의미지?

"성훈, 밤에 잘 때 노래 불러줬었죠?"

"들었어요?"

'잠결이라 기억을 못 할 줄 알았는데.'

소피아는 눈썹을 으쓱이며 제 자랑을 했다.

"제가 잠귀가 얼마나 밝은지 아세요?"

"그렇군요. 다른 건 기억 안 나요?"

"왜요? 무슨 일 있었어요?"

오히려 내게 되물었다.

'잠귀만 밝은가 보군. 들쳐 안은 건 기억도 못 하네.'

"그냥 다른 일이라도 있었나 해서요."

"저도 첨에는 꿈인 줄 알았어요. 도무지 해석이 안 되는 노래였으니까."

"그런데 왜요?"

"불러줘요. 그거 들으니까 잠이 솔솔 오더라고요."

그녀는 이미 의자 시트를 뒤로 젖히고 누웠다.

내가 뭘 어찌하랴?

'운전수도 하는데, 카 오디오 정도야.'

"엄마가 섬 그늘에~"

그녀가 눈을 감고 부드럽게 말했다.

"성훈, 당신 목소리 참 듣기 좋아요."

내가 노래를 부르는 사이, 그녀는 숨소리가 깊어졌다.


"휴, 천만다행이네."

빨간 불이 들어오고도 50㎞나 더 달려서 주유소를 발견했다.

"행운이네. 꼼짝없이 히치하이킹을 할 뻔했어."

그것도 나름 추억이겠지만 추억이라면 지금도 충분했다.

여전히 그녀는 내 쪽으로 고개를 돌리고 잠들어 있다.

"잘 잔다. 어떻게 한 번을 안 깨고 자냐?"

휴게소에 들러서 커피를 사왔다.

"깨면 마시겠지."

점심이 다 되어서야 파리에 도착했다.

어찌 된 영문인지 어제의 그녀는 길을 잘못 들어도 한참을 잘못 들었었다.

파리 쪽과는 한참 상관없는 곳에서 야숙을 했으니, 시간이 이렇게 걸릴 수밖에 없었다.

이제 그녀를 깨워야 했다.

"네? 삼촌. 이사를 갔다고요? 나한테 얘기도 안 하고?"

─야, 녀석아. 아무리 연락이 뜸했다고 해도. 작년 이맘때였나? 네 아빠한테 이야기했었는데?

"작년이면 아빠는 결혼식 때문에……."

잠시 소피아는 말을 멈추고 성훈을 바라보았다.

성훈은 멀뚱멀뚱 영문을 모른 채 그녀를 응시했다.

"왜요? 나 프랑스어는 몰라요. 전혀."

"맞다. 그랬죠."

—그런데 파리는 왜 오는 거니?

소피아는 삼촌에게 그간의 사정을 이야기했다.

—그거 파리에서 조르당 서방 찾기네? 포기해라.

"안 돼요. 궁금해 미치겠단 말예요."

—넌 어떻게 된 녀석이…….

'대화의 내용은 모르겠지만, 어지간히 어리광이 많네.'

성훈과 있을 때는 고상한 모습이었지만, 실제로는 말괄량이가 아닐까 하는 생각이 들게 했다.

성훈은 아까 한 교수가 한 말이 생각났다.

"소피아. 외삼촌에게 할아버지가 프랑스에서 건축가로 활동한 적이 있는지 물어봐요."

그녀의 부모가 어릴 때부터 알던 사이이고 외삼촌이 프랑스에 산다. 그렇다면 어릴 때부터 프랑스에 살았을 확률이 컸다.

"할아버지는 왜요?"

"물어봐요. 우리는 사람을 찾는 거예요. 그 시절에 할아버지가 건축 계통에서 활동했었다면 단서를 찾을 방법이 있을 거예요."

"할아버지가 건축 일을 했었다는 말은 들었지만, 직접 집을 짓는 건 본 적이 없는데."

소피아가 외삼촌에게 물었다.

"할아버지가 프랑스에서 건축가로 활동하신 적이 있나요?"

─나 어릴 때 기억으로는 그랬던 것 같기도 하고…… 그건 왜 물어보는 거니? 그 조르당이 네 할아버지라고? 하하. 그 고집쟁이 아저씨가? 절대로 그럴 분이 아니야.

"나도 그렇게 생각하지만. 일단 알았어요."

삼촌과의 통화를 끝낸 그녀가 난감한 기색을 띠었다.

"어떻게 하죠? 너무 대책도 없이 왔네요."

"일단은 식사를 해야죠."

"그리고 나서는요?"

"저녁은 당신 할아버지와 함께 먹는 게 어때요?"

'원래 그런 일정 아니었어요?'라고 말하는 투였다.

무슨 일 있었냐는 듯 무심하게 말하는 성훈을 보며 그녀가 환하게 웃었다.

"파리의 맛집은 제가 많이 알아요. 안내할게요."

그녀가 추천한 맛집에서 파스타는 맛있었다.

반면 내 입맛은 씁쓸했다.

'고집이 강하고 성정이 강직하다고 해서, 지나온 삶도 반드시 그렇다고 확신할 수 있을까?'

그렇게 예측하는 것은 섣부른 판단이다.

인생을 살다 보면 스스로의 힘으로 극복할 수 없는 일도 분명히 있다.

스스로 붓을 꺾는 미술가가 얼마나 될 것인가?

인생은 예측할 수 없다. 여행이고 모험이다.

그리고 대부분의 경우, 지나간 인생은 되돌릴 수 없다.

'내 예상이 맞는다면'이라는 가정이 붙겠지만.

'나는 지금 피어나지 못한 거장을 만나러 간다.'


6시간을 달려서 프라이부르크 인근의 산에 다다랐다.

산 아래에 작은 호수가 있었다.

"여긴 다행히 잘 기억하고 있네요?"

"매년 방학 때면 여기 와서 할아버지와 함께 했는걸요."

호수를 잔잔한 눈으로 바라보며 그녀가 말했다.

"여기에 오면요. 마음이 편안해져요."

시야에서 호수가 차지하는 비율이 많아질수록 호수 건너편의 오두막이 눈에 들어왔다.

"할아버지는 어떤 분이세요?"

고집쟁이라는 말을 몇 번이고 들었다.

"그는 멋있는 고집쟁이에요."

'결국은 고집쟁이라는 말이네.'


오두막에는 아무도 없었다.

'음, 풍겨 나오는 아우라가 다르네.'

문 앞의 발코니에는 성당의 것과 똑같은 방식으로 만들어진 의자가 있었다.

좀 더 투박하지만 나뭇결을 살려낸 방식은 똑같았고 아름다움은 역시 마찬가지였다.

그냥 지나갈 수 있나! 앉아 봤다.

'아, 편안하다. 미치도록 편안하다. 아무것도 하고 싶지 않다.'

그 흔한 쿠션 하나 없이 나무로만 만들어진 의자가 이런 느낌을 줄 수 있다니.

하지만 그녀는 아무런 감흥이 없는 모양이었다.

아무렇지도 않게 문을 열고 들어가, 주방을 뒤져서 밀가루를 꺼냈다.

새로운 모습이었다.

손에 물 한 방울 안 묻히게 생긴 여인이 말이다.

열린 문으로 얼굴을 쏙 내밀고는 내게 물었다.

"성훈. 여기서 자고 갈 거죠?"

당연하지! □아낼 생각이었냐?

"재워만 주신다면."

오늘도 노숙을 할 수는 없다.

'아직도 뼛속이 쑤신다고.'

그녀가 생글생글 웃으며 양동이를 내밀었다.

'이걸 어쩌라고. 다짜고짜 말도 없이.'

"뭘 그렇게 쳐다봐요. 밥값은 해야죠."

"그러니까. 뭘 어쩌……."

"수돗가에서 물을 길어오세요."

그 말을 하면서 자신은 앞치마를 두르고 있었다.

"요리하려는 거예요? 자신은 있고?"

"매년 방학 때마다 제가 여기 와서 뭘 했을 것 같아요?"

'하긴. 가구 만드는 건 손도 못 대게 한다고 했지?'

물동이를 들고 수돗가로 갔다.

수동식 양수기가 있었다.

물을 넣고 펌프질을 해서 물을 길어 올렸다.

"여기요."

그녀는 나에게 낚싯대를 내밀었다. 아주 자연스럽게.

"할아버지는 항상 이러셨어요."

"……."

"혹시…… 낚시할 줄 몰라요?"

울산 바닷가에서 자란 내가 들을 소리이던가?

뭔가 묘한 기분을 느끼며 큰소리쳤다.

"제일 큰 놈으로 잡아올 테니, 걱정하지 말아요."

호미와 낚싯대를 들고 갈대가 우거진 곳으로 갔다.

갈대밭 주변의 축축한 땅을 팠다.

그곳에서 찾아야 할 것은 지렁이였다.

"역시……."

몇 번을 파기도 전에, 꿈틀거리는 생명체가 걸려 올라왔다. 대략 열 마리 정도를 집어 미끼통에 집어넣었다.

통나무 카약을 타고 호수의 외진 곳, 포인트로 향했다.

식사를 마치고 그녀가 와인을 꺼냈다.

"오늘은 안 들어오실 것 같아요."

"종종 이렇게 자리를 비우시나요?"

"봐둔 나무가 깊은 곳에 있으면 종종 이런 경우가 있어요."

하긴 훔쳐갈 것도 없으니, 마음도 편하겠다.

오히려 불안한 자는 훔쳐갈 것이 있는 사람이었다.

"먼저 나가 있어요. 할아버지 식사만 준비해 놓고 갈게요."

오두막의 발코니로 나왔다.

여름보다는 겨울의 산속이 더 운치가 있다.

적어도 모기떼는 극성을 부리지 않는다.

해는 벌써 지고 호수에서 안개가 스멀스멀 피어올랐다.

발코니의 벤치에 마주 앉았다.

"맘대로 들어와도 괜찮은가요?"

"그럼요. 할아버지 집도 되지만, 제 집도 되거든요."

무슨 근거인지는 몰라도 그렇다면 그럴 것이다.

복잡한 생각을 하기가 싫었다.

그의 할아버지 이름은 귄터라고 했다.

그의 아버지도 부계 쪽을 빼닮아서 고집이 세다고 한다.

이런저런 이야기가 이어질 때, 그녀는 다시 내게 머리를 기댔다.

머리에 든 게 많아 기울어지는 건지, 생각에 없어서 바람에 나부끼는 건지 기대기는 참 잘도 기댄다.

그녀를 안아 난로 앞 소파에 뉘였다.

소피아 아래에 누워 나무를 집어넣다가 잠이 들었다.


발코니 벤치에 앉아서 새벽안개를 보고 있었다.

환상처럼 일렁거리며 발아래를 잠식한 안개는, 마치 구름 위에 떠 있는 듯한 기분을 느끼게 했다.

저벅저벅.

누군가가 오두막을 향해 다가왔다.

160 정도의 키에 떡 벌어진 어깨를 가진 노인이었다.

얼굴에 약간의 잔주름이 있고 각진 턱은 그의 성격을 말해주는 듯했다.

소피아 말에 의하면 나이 80에 가까운 노인일 텐데, 그는 어깨에 자기 키만 한 통나무를 지고 있었다.

노인이 물었다.

"웬 놈이냐?"

완전 독일식의 강직한 억양이었다.

"손님입니다."

"누구 마음대로 손님이냐?"

"당신 손녀한테 물어보시지요."

"내 손녀가 누군데?"

퉁명스럽게 말을 내뱉는 것이 뭔가 심사가 상한 듯했다.

자기 집에 남이 들어와 있는 것 자체가 기분이 좋을 일은 아니었을 것이다.

"소피아요."

"……거긴 내 자리다. 비켜라."

옆으로 비켜섰다.

무슨 할 말이 있을 것인가?

그가 자신의 자리에 털썩 앉았다.

"무슨 일이냐? 결혼 허락이라도 받으러 온 거냐?"

'헉!'

돌직구도 이런 돌직구가!

나는 고민을 하고 있었다.

귄터가 나타난다면 나는 어떤 식으로 질문을 던져야 할 것인가? 직접적으로 물어야 하는가, 아니라면 에둘러서 물어야 하는가 하는 고민 말이다.

'이런 상대에게 에둘러서 물어봐야 무슨 소용이 있을까?'

직구 승부를 하기로 했다.

"아닙니다. 여쭙고 싶은 게 있어서 왔습니다."

뜬금없이 무슨 소리냐는 듯 그가 미간을 좁혔다.

"자네. 나를 아나?"

"아뇨. 오늘 처음 뵈었습니다."

"그런데 묻고 싶은 게 있다고?"

나는 말없이 고개를 끄덕였다.

내 예상과 다를 수도 있고 전혀 틀린 추측일 수도 있었다.

그냥 직접적으로 묻고 반응을 보는 것이 나았다.

"르 꼬르뷔제를 아십니까?"

그의 한쪽 광대가 자신도 모르게 꿈틀거렸다.

그러나 삽시간에 지나간 일이라 그 자신도 모르는 듯했다.

"흥. 그 유명한 사람을 모를 리가 있나?"

"그럼 조르당을 아십니까?"

이번에는 두 번을 꿈틀거렸다.

그러나 그에 대한 대답은 없었다.

곧이어 그보다 더 차가운 말이 튀어나왔다.

"기자 나부랭이냐? 객쩍은 소리를 하려면 내 집에서 꺼져라."

소파이가 담요를 뒤집어쓰고 발코니로 나왔다.

"할아버지. 왜 내 손님한테 소리를 질러요?"

"흥."

소피아에게서 고개를 돌리며 주섬주섬 파이프를 꺼내 물었다.

"넌 그저께에 온다는 녀석이 왜 지금 온 거냐?"

퉁명스레 말하는 그에게 소피아는 빙긋이 웃으며 옆으로 앉았다. 그리고 그에게 머리를 기댔다.

"롱샹에 다녀오느라 늦었단 말이야."

소피아가 애교스럽게 말했다.

"용서해 줄 거지? 응!"

그녀는 할아버지에게 밀착하듯 달라붙으며 아양을 떨고 있다.

그녀의 행동에 귄터는 어이없는 웃음을 지었다.

하지만 이내 다시 호수를 바라보며 파이프에 불을 붙였다. 기분 나빠하는 모습은 전혀 없었다.

"그래. 별일은 없더냐?"

"의자가 부서져 있었어요."

"그래! 그럼 가 봐야겠는걸?"

미간을 찌푸리며 그가 걱정을 했다.

"괜찮아. 안 가도 돼."

"왜? 부서졌다며."

소피아와 귄터는 60살의 나이에도 불구하고 격의 없이 대화를 나누고 있었다. 보기 좋은 조손 사이였다.

"성훈이 고쳤어요."

"누구?"

소피아가 나를 가리키며 말했다.

"저 남자."

그리고 그녀는 우리의 여정을 설명했다.

소피아의 말이 끝날 때 즈음, 그는 파이프 재를 난간에 털며 일어났다.

"그런 놈에 대해서는 알 필요도 없고 설명하고 싶지 않다."

그리고 집으로 들어가 버렸다.


소피아가 개구진 표정으로 환하게 웃었다.

내게 다가와 속삭이듯 말했다.

"어쨌거나 알기는 안다는 말이네. 그죠?"

궁금증이 풀릴 것 같아서 기분이 좋아진 것인가?

고개를 끄덕이며 그녀에게 말했다.

"역시 당신은 아름다워요."

'흥. 당연하지' 하는 표정으로 허리에 양손을 올렸다.

"고마워요."

"뒷머리에 까치집만 안 지었으면."

급히 머리를 매만지며 그녀가 안으로 들어갔다.

"얼른 들어와요! 커피 물 올려놨어요."

날 초대한 사람이 꺼지라는 소리를 하지는 않았으니, 나는 여기에 붙어 있을 권리가 있다.


사람에게는 누구나 자신만의 울타리가 있다.

강제로 침입하려 하면 경계가 강해지고 밀어내지만, 물 스미듯 다가가면 어느새 그를 품고 있다는 것을 알게 된다. 그러나 그때는 쫓아내기는 이미 늦어버린 시점이다.

자존심이 강하면 강할수록 그 울타리는 굵고 튼튼하다. 그러나 과연 그 틈새까지 촘촘할지는 모르겠다.

'일단 비비고 들어가 보지. 뭐.'

지금 내 눈에 보이는 광경만으로도 충분히 경탄이 나온다. 만족스럽다.

내 앞의 오두막. 그리고 그 뒤에는 수풀로 우거진 산이 있고 내 옆에는 자그마한 호수가 자리 잡고 있다. 지금은 안개로 뒤덮여 있다.

마음이 편안해진다. 엄마 품속처럼 말이다.

주변을 한번 주욱 훑어보고는 오두막으로 들어갔다.

'나중에 나이 들면 이런 곳에 사는 것도 괜찮겠네' 하는 생각을 하면서.


들어가니 소피아는 귄터를 설득하고 있었다.

"그러니까 성훈은 기자가 아니라고요."

"네가 그걸 어떻게 알아?"

"할아버지가 가구 고치는 것을 못 봐서 그래요. 얼마나 꼼꼼한지 몰라요. 그걸 기자가 할 수 있겠어요?"

'나름 논리적인 설득이기는 한데, 이미 마음을 닫은 사람한테 아무리 말해봐야.'

말하는 사람 입만 아프다.

귄터가 내가 들어오는 걸 보고 무뚝뚝하게 말했다.

"내려갈 거면 오늘 내려가게."

"왜 할아버지 맘대로……."

"오후에 눈이 심하게 올 것 같거든. 눈 쌓이면 차 못 내려가."

그녀의 사슴 같은 눈이 내게 말하고 있었다.

'우린 전우잖아요! 고난의 길을 함께 왔잖아요.'

내가 미녀에게 이리도 약할 줄이야.

난로 옆의 장작을 주워 넣으며 말했다.

"눈 덮인 산장이라, 운치 있겠네요."

그녀가 승리자의 표정으로 귄터에게 말했다.

"들었죠?"

그리고 내게 부드럽게 물었다.

"성훈? 아메리카노?"

손녀의 호감이 내게로 몰리자 빈정이 상했던 모양이다.

"쳇."

"귄터는 카푸치노?"

그녀는 남자 둘 사이를 오가며 어르고 달래고 있다.


"자네가 의자를 고쳤다면서. 제대로 고칠 실력은 되나?"

이상하게 툴툴거리는 목소리인데도 정감이 간다.

"아직 어설프지만, 정성을 다했습니다."

소피아가 귄터를 살쾡이 눈으로 눈치를 줬지만, 귄터는 본체만체 무시하며 내게 말을 걸었다.

"어디가 부러졌던가?"

"다리 연결대요. 그래서 몽땅 해체를 할 수밖에 없었죠. 그리고 군데군데 흠집도 많았고요."

고친 과정을 그가 이해할 수 있게끔, 자세하게 설명해 줬다. 설명을 들은 그는 걱정하며 말했다.

"새로운 목재를 끼워 넣었으면 색깔이 안 맞았을 텐데."

소피아가 끼어들었다.

"가져오던 물감으로 색상을 맞췄어요. 다음에 귄터가 가면 어떤 게 부러졌던 건지 구별 못 할걸요."

'설마. 그 정도까지는 아니었거든요.'

그녀는 내가 아주 맘에 들었거나, 할아버지에게 지기 싫거나 아마 둘 중의 하나일 것이다.

그러나 안타깝게도 나는 지극히 이성적인 사람이니, 지금의 상황에서는 두 번째에 좀 더 많은 점수를 줄 수밖에 없었다.


간단히 식사를 마치고 발코니로 나왔다.

귄터가 지정석에 앉아 파이프에 담배를 채우고 있었다.

"귄터. 아침에 들고 오셨던 나무는 뭡니까?"

"오후부터 눈이 올 것 같아서 잘라뒀던 나무를 가지고 내려왔다네."

"뭔가를 만들려고 하시는 겁니까?"

그는 나를 이상하다는 듯이 쳐다봤다.

"그냥 궁금해서요."

"의자라네."

"저도 같이 해도 될까요?"

내 요청에 그는 나를 다시 쳐다봤다.

'왜?'냐는 의문일 것이다.

"소피아가 그러더군요. 밥값을 하라고."

"흥. 맘대로 하게. 할 일도 없을 테니."

그는 먼 곳을 바라보며 연기를 내뿜었다.

"의자를 일일이 풀어서 사포질을 했다면 어느 정도 기본은 되어 있겠지?"

민수처럼 그렇게 능숙하게 하지는 못하더라도, 장인의 보조 정도는 충분히 할 실력이 되었다.

고개를 끄덕였다.

"이제 완전한 겨울이네요."

오후에나 올 거라던 눈이 벌써 흩날리고 있었다.

"겨울은 생각보다 길다네."


겨울의 눈 덮인 산장에는 할 이야기가 많다.

며칠을 한 공간에서 생활하게 되면 어쩔 수 없이 서로에 대해 알아야 한다. 알기 위해서는 자신도 보여주어야 한다.

그게 꼭 입으로 나오는 말이 아니더라도 말이다.

우연(偶然)이 겹치고 겹쳐져 인연(因緣)을 만든다.

내가 가지 않았다면 그녀가 오지 않았다면 의자가 부서지지 않았다면 내가 의자를 수리하지 않았다면 그녀가 나를 따라오지 않았다면.

인연이 될 수 있었을까?

35장
힐링 여행(3)

산속에서의 며칠이 지났다.

그동안 나는 귄터의 가구 만드는 것을 도왔다.

그의 공방에는 내가 아는 곳과 다른 점이 하나 있다.

전동 공구가 하나도 없다는 것이다.

'당연한 건가! 전기가 들어오지 않으니.'

내가 생각하고도 피식 웃음이 나왔다.

중세시대의 공방 같은 느낌이 들었었다.

오늘도 식사를 마치고 소피아와 산책을 하고 공방으로 가는 길이었다.


소피아가 길가의 돌멩이를 툭 찼다.

"할아버지는 왜 내가 돕는다고 하면 싫어할까요?"

"남의 도움을 받기 싫어서겠죠. 자존심이 강하시잖아요."

"그러면서 당신 도움은 왜 매번 받냐고요."

그녀의 불평의 원인은 불평등에 있었다.

나는 피식 웃으며 답했다.

"남자라서 그런 거 아닐까요?"

첫날의 대화가 떠올랐다.

왜 귄터가 소피아를 작업에 넣어주지 않을까?

이방인인 나도 쉽게 참여를 하는데 말이다.

이 두 사람의 대화 방법에 문제가 있었다.

소피아가 말했다.

"할아버지. 제가 도와줄게요."

"흥. 네 도움 따윈 필요 없다."

그리고 상황 종료.

이 사람은 도와준다고 하면 한사코 마다한다.

장인의 자존심인지, 늙은이의 고집인지 몰라도 말이다.

그렇게 소피아는 몇 번이나 퇴짜를 맞았다.

타산지석!

나는 그녀와 다른 방법을 택했다.

"재밌겠네요, 같이 해도 됩니까?"로 말이다.

이런 경우, 귄터는 이렇게 답한다.

"흥. 해보든가. 쉽지 않을 거야."

그녀는 이런 대화법을 모른다.

그리고 나는 가르쳐 주지 않았다. 앞으로도 그럴 것이다.

'나도 소피가 다치는 게 싫거든.'

나처럼 두꺼운 피부야 상관이 없겠지만, 그녀는 손등에 정맥이 다 보일 정도로 피부가 얇다. 칼을 만지게 하고 싶은가?


소피와 헤어져 공방으로 들어갔다.

귄터는 의자 다리에 홈을 파고 있었다.

다리와 다리 연결대의 맞짜임을 하기 위함으로 보였다.

맞짜임이란, 두 개의 부재를 'ㄱ'형식으로 짜 맞추는 것을 말한다.

끌을 망치로 치면서 나무를 파내고 있었다.

"귄터, 그렇게 구멍을 뚫으시면 힘들지 않으신가요?"

구슬땀을 흘리면서도 그는 웃었다.

"땀이 작품에 배어야, 장인의 혼도 작품에 배어든다."

적어도 귄터는 진심으로 그렇게 생각하는 것 같았다.

"이번에는 뭘 만드시는 건가요?"

"알아서 뭐하게."

'뭐하긴요. 궁금해서 그러지.'

결국은 대답을 해줄 거면서 말은 항상 퉁명스럽다.

내가 물어보는 이유?

'도면이 없거든.'

도면이 있으면 대번 알아볼 수 있는데 말이다.

그는 도면 없이도 척척 만들어냈다.

머릿속에 도면이 들어 있으니 가능한 일이리라.

권터는 계속 혼자서 작업을 했기 때문에, 사람과의 접촉에 어색해했다. 그래서 꼭 필요한 말만 한다.

무뚝뚝한 독일인 같으니!


그의 작업대에는 그가 파고 있는 것과 똑같은 모양의 다리가 놓여 있었다.

어차피 하다 보면 뭘 만드는지 알게 될 것이다.

"권터. 저도 한번 해보고 싶은데, 해도 돼요?"

"흥. 가능할까?"

그러면서 나에게 눈짓으로 가공해 놓은 자재를 가리켰다.

"쉽지 않을 거야. 흐흐."

그의 승낙을 받아내며 망치와 끌을 들었다.

애초에 결과가 안 좋았다면 만지지도 못 하게 했으리라.

"그래도 지금까지는 결과가 좋았잖아요."

"클클. 그렇기는 했지. 보기보다 손재주가 있더군."

그에게 민수 이야기를 해주었다.

"그래? 대목장의 손자라는 말이군. 그 사람은 운도 좋군. 그렇게 대를 이을 후계가 많으니 말일세."

"아드님도 가구 쪽으로 일을 하신다면서요."

"흥. 그놈 이야기는 하지 말게. 못돼먹은 놈."

소피아가 커피 세 잔을 들고 들어왔다.

두 남자의 낑낑거리는 모습을 보며 말했다.

"할아버지. 기계를 사용하세요."

늙은 그가 힘들어 보여서 하는 말이리라.

"기계 따위에 의지를 하니까, 그런 쓰레기들이 나오는 것이야."

요즘에 나오는 목공예품이나 가구를 말하는 것이었다.

'그렇게 쓰레기까지는 아닌데.'

생각했던 것보다는 과한 반응이었다.

그러나 소피아도 지지 않고 말했다.

"그게 뭐. 어때서요? 아빠 회사의 제품들은 인기가 많다고요. 가격도 저렴하고 좋기만 한데요."

"그래! 그 저렴함이 문제다."

"저렴한 게 어때서요."

"그렇게 만들려고 하니, 제대로 만들 시간이 없지. 대충 끼워 맞추니, 틈이 생기고 그 틈에서 삐걱거리는 소리가 나게 되는 것이다."

"가구가 쓰다 보면 그럴 수도 있죠."

그가 의자를 번쩍 들며 말했다.

"여기 어디에 그런 소리가 나느냐?"

"적당히 쓰다가 버리는 것도 하나의 방법이라고요."

"제대로 만들면 백 년을 쓸 수 있는 것을 대충 만들어 싸게 파니, 그 가치를 모르고 오 년도 안 되어 버리게 되는 것이야."

"그만큼 사람들은 좋은 것을 쓰게 된다고요."

"그래 봐야 허접한 인스턴트겠지."

"공산품이에요. 그리고 인스턴트면 어때요? 사람들은 편리하다고요."

"네 애비와 똑같은 소리를 하는구나. 그딴 생각으로 대충 만들어내니까, 그런 쓰레기가 나오는 것이고 내가 만든 작품도 결국은 그런 취급을 받게 되는 것이다."

"사람들은 어차피 모른다고요. 그게 공장물건인지, 장인의 작품인지."

"당연하지. 안목 없는 자들이 그 차이를 알기나 할까!"

"그럼 그렇게 만들어서 돈을 벌면 되죠."

"날 보고 쓰레기인 줄 알면서 그렇게 만들라는 말이냐? 장인이 사용자의 만족을 생각하지 않고 돈만을 추구하며 만드는 건 쓰레기와 다름이 없어."

"너무 고집만 피우지 말고 다른 사람이 하는 것도 좀 보라는 말이죠."

"왜? 내가 왜? 그딴 소리나 하려거든, 썩 돌아가라."

"흥. 말 안 해도 돌아갈 테니, 염려 말아요."

소피아는 커피를 내려놓고 나가 버렸다.

서로서로 지지 않으려는 둘이었다.

소피아가 화를 내며 돌아간 뒤, 귄터는 아무 일도 없었다는 듯 묵묵히 작업에 집중했다.

그리고 속이 쓰리지 않으랴!

'혼자만의 시간이 필요할 테지.'

"잠시 바람 좀 쐬고 올게요."

나도 밖으로 나왔다.


소피아는 발코니에서 뾰로통한 표정을 하고 앉아 있었다.

그녀가 타왔던 커피를 탁자 위로 내밀었다.

나를 힐끔 보더니 한숨을 푹 내쉬었다.

"우습죠?"

호수를 보며 말없이 커피를 한 모금 마셨다.

항상 화목한 집안이 어디 있으랴!

"아빠랑 할아버지랑 틀어진 지가 10년이 넘었어요."

어설픈 위로보다는 말없이 들어주는 게 더 낫다.

"자세한 건 저도 몰라요. 요즘 들어서는 할아버지도 많이 늙었고 아빠도 공장이 어려운 것 같은데, 요즘에는 제품이 다양하지 않으면 아무리 품질이 좋아도⋯⋯. 둘이 화해를 하면 좋을 텐데 둘 다 화해라는 단어를 몰라요. 고집쟁이들. 휴."

한숨을 내쉬며 다시 한 모금을 마신다.

"어머. 다 식었네."

그럴 수밖에 5분 동안, 한 번도 쉬지 않고 말을 했으니.

"할아버지는 어떻게 그럴 수가 있어요? 작년엔 자기 아들이 결혼을 하는 데도 오지를 않았다고요."

소피아는 묵혀 놓았던 감정을 풀어내듯, 한동안 집안 이야기를 더 하고는 엉덩이를 툭툭 털며 일어났다.

그리고 다시 명랑한 표정으로 돌아왔다.

"뭐. 잘되겠죠. 신경 쓰지 말아요."

'대체 아들이 몇 살인데, 지금 결혼을 한 거지?'

속으로 계산을 하느라, 소피아가 들어가는 것도 몰랐다.

"귄터. 주문을 받고 만드는 건가요?"

"나는 주문 따위는 받지 않는다."

"그럼 어떻게 팔아요?"

"흥. 내놓기만 해도, 살 사람은 사간다."

요 며칠간의 작업을 봤을 때, 딱히 주문을 받고 만드는 것 같지는 않아서 물어본 거였는데.

'완전 강철 멘탈이네.'

살 테면 사고 말라면 말아라.

배짱 장사의 표본이었다.

그래도 팔린다는데, 내가 더 무슨 말을 하랴.


만드는 동안 윤곽이 슬슬 나왔다.

"흔들의자죠?"

"훗. 그렇게 생각할 수도 있겠지."

아리송한 대답을 하며 귄터는 웃었다.

그러다가 문득 생각이 들었다.

'왜 사람들은 항상 캠핑을 다닐 때, 접이식 의자를 가지고 다닐까?'

저녁의 노을을 즐기기에는 접이식 의자보다는 흔들의자가 더 좋지 않을까? 가지고 다닐 수만 있다면 말이다.

"귄터. 왜 흔들의자는 조립식이 없을까요?"

"그렇게 만들 이유가 없으니까 그렇지."

귄터의 생각으로는 그게 맞겠지만, 이제 곧 한국에는, 아니, 전 세계적으로 삶이 윤택해지고 여유가 생길수록 사람들은 자연을 찾아가게 된다.

그것이 '캠핑'이라는 유행을 만들게 된다.

'제품의 다양화? 이거 승산이 있겠는걸!'

노을 지는 산속에서, 강변에서 흔들의자라!


"귄터. 이거 조립식으로 만들면 어때요?"

"엥! 무슨 당치도 않은 소리냐?"

하긴 내가 말하고도 황당했지만.

"생각해 보세요. 어딘가 캠핑을 가거나, 놀러 가는 사람들은 힐링을 하러 가는 거예요."

'무슨 말을 하고 싶으냐?'는 듯 귄터의 눈가 주름이 깊어진다.

"당신이 함부로 가구를 대하지 않는다는 건 알아요."

그는 전통이 훼손되는 걸 지극히 싫어하는 고집쟁이였다.

입을 꾹 다물고 있는 것이 당장에라도 호통을 지를 기세였다.

그에게 말했다.

"흔들의자하면 편안함이 떠오르죠."

"당연하지."

내게 흔들의자 하면 떠오르는 이미지는 엄마가 아기를 안고 달래는 모습이었다. 흔들흔들 하면서 말이다.

"사람들은 힐링을 하러 간다면서 거친 땅바닥에 앉거나, 가벼운 금속제의 의자에 앉아서 시간을 보낸다고요."

"그래서?"

여전히 납득하는 모습은 아니었다.

"귄터. 가정이에요. 당신이 산속에 놀러갔어요."

"여기가 산속이야."

"그러니까 가정이라고요. 석양이 지고 있어요."

그는 눈을 끔뻑거렸다.

"당신 앞에 흔들의자와 금속과 천으로 만들어진 간이의자가 있어요. 어디에 앉을 거 같아요?"

권터가 어이없다는 듯, 피식 웃었다.

"훗. 비교 자체가 불가능하지. 감히 어디다가."

"아쉽지만 흔들의자는 가져가지 못하죠."

일반적인 흔들의자는 부피가 꽤 크다.

"그러니까. 좋은 데서 분위기 좀 느끼고 싶은데, 가져가기가 불편하다!"

내가 고개를 끄덕였다.

"흥. 안 가져가면 되지. 그 자리에 어울리지 않아."

"왜요? 좋은 걸 왜 안 해요?"

"가구는 자꾸 손 타면 안 돼."

인간의 편의를 위해 만들어지는 것이 가구다.

하지만 그 부피로 인해서 이동하는 것에 불편함이 있으며 한 번의 이동이 있을 때마다 가구에는 흠집이 생길 수밖에 없었다.

권터가 걱정하는 것은 가구의 수명이었다.

그래서 가구는 한 번 자리를 잡고 나면 웬만한 경우가 아니면 움직이지 않는다.

설득의 방법을 바꿔봤다.

"그럼 접이식은 어때요?"

"나는 가구에 쇠붙이 안 쓴다."

"네? 그건 또 왜요?"

"가구는 내 손을 떠나는 순간부터 완성품이다."

"그런데요."

"시간이 지나면 녹이 슬어버릴 텐데. 내가 가서 바꿔줄 수 없잖느냐."

그것 또한 그만의 스타일이었다.

그렇게 교체를 몇 번 반복하면 가구에는 불필요한 가공들이 가해지고 오히려 가구의 수명을 짧게 만든다는 것이 그의 설명이었다. 나는 당장의 편리를 생각했지만, 귄터는 가구 자체의 수명을 생각하는 장인이었다.

"귄터. 가구는 사용하는 사람의 만족을 생각해야 한다고 했죠?"

"당연하지. 최종적으로 작품을 평가하는 것은 사용자지."

"그럼 사람들이 다양한 용도로 쓸 수 있는 물건을 원한다면요."

그는 고개를 갸웃거렸다. 내 설명이 부족해 보였다.

"소피아 말을 들어보니, 요즘은 제품의 다양화가 대세인 것 같더군요."

"그래서? 날보고 그걸 따라가라고? 그건 실력이 모자란 것들이 하는 짓이다."

'실력 좋은 사람들이 해서는 안 될 짓도 아니잖아요!'

여기서 이 말을 하면 시비 거는 꼴밖에 안 된다.

"그래도 당신 같은 실력자가 만든다면 또 다르지 않을까요? 그리고 조립식이라면 다용도로도 쓸 수 있다고요."

다용도라는 말에는 흥미가 좀 생겼는지 내게 물었다.

"이 흔들의자를 다른 용도로 사용한다고? 예를 들면?"

갑자기 물어보니 생각이 날 리가 있나?

"예를 들면 상부의 등받이 팔걸이를 빼고 탁자로?"

"크하하. 이 친구야. 이 흔들거리는 것을 탁자로 쓴다고?"

"쳇. 그건 흔들다리를 빼면 된다고요."

내 당황하는 모습이 우스웠던지, 더 크게 웃더니 말했다.

"그런 말 안 되는 소리를 하려거든. 공방에 들어올 생각도 하지 마!"

"그럼 요람은 어때요? 흔들의자처럼 흔들리잖아요."

"뭐? 요람?"

"그렇잖아요. 아기를 항상 안고만 있을 수는 없잖아요."

"됐어. 그만하게. 조립식으로 만들면 연결부가 많이 상해서 가구 수명만 짧아져. 쓸모없는 짓이야."

"그럼 그 부위를 강하게 하면……."

"어허. 그만하고 끌이나 좀 건네주게."

그러나 그는 그 말을 다음 날 바로 번복하게 된다.

무슨 변덕이 생겼는지 몰라도 말이다.


귄터는 발코니에서 파이프를 물고 있었다.

내가 오는 것을 보며 너털웃음을 지었다.

"성훈. 자네가 만들어준 스파게티는 별미였어."

분위기 전환 겸, 저녁식사를 내가 준비하겠다고 했고 고이 간직하고 있던 짜파게티를 내놓았었다.

"고춧가루가 좀 있었으면 더 좋았을 텐데 말이죠."

"자네 나라에서는 쉽게 구할 수 있는 건가?"

"네, 뭐. 흔하디흔한 거죠."

그 말에 고개를 끄덕였다.

"한국에 돌아가면 좀 보내 주게."

"훗. 알았어요. 그것 말고도 많으니까, 몇 종류 사 보낼게요."

"고마우이."

귄터는 파이프를 뻐끔거리고 있었다.

"귄터, 딱히 기계작업을 싫어하시는 이유가 있나요?"

"난 잘 알지도 못하는데, 싫고 말고 할 게 있겠나?"

"아까 소피아의 말을 들으니, 싫어하는 것 같아서요."

"아마도 머지않아. 가구 장인들은 전부 사라질 거야."

왜 그런 추측을 하는 것일까?

지금보다 한참 후에도 나는 독일에서 들어온 가구를 판매했었다.

왜 가구 장인이 사라진다고 말하는 것일까?

"장자라는 사람이 이런 말을 했다고 하더군."

푸른 눈의 외국인에게서 장자(莊子)의 이야기를 듣다니.

"내게 가구를 가르치셨던 스승님이 해주신 말이네. 거기에 목수가 등장한다더군."

그는 장자의 〈천도(天道)편〉을 말하고 있었다.

"수레의 바퀴를 만드는 목수가 왕이 책을 읽고 있는데, 당신은 성인들의 찌꺼기를 읽고 있군요. 했다더군. 왕이 화를 내며 연유를 물으니, 자신도 자식에게 수레바퀴 만드는 비결을 깨치게 해주고 싶지만, 그게 안 돼서 나이 일흔이 되도록 아직도 직접 하고 있다는 말이었네."

실제로는 약간 달랐지만, 이해하는 데 무리는 없었다.

제(齊)나라 환공(桓公)과 윤편(輪扁)의 이야기였고 '위대한 사상가의 생각을 글로 다 표현할 수는 없으니, 그들이 남긴 글이란, 결국은 성인의 찌꺼기가 아니냐'는 것이 골자였다.

그러나 그의 오래된 기억에는 가구에 대한 것만 남아 있었다.

"손기술이라 함은 말로도 설명하기 어렵고 글로도 남길 수 없는 감각의 영역이라네."

부정할 수 없는 사실이었다.

"직접 전수를 받아도 다 깨달을 수 있을까 말까 한 것을 계산기에서는 기껏 몇 개의 단순화된 숫자로 정리한다고 하더군."

"컴퓨터라고 해요. 대신 규격화가 잘되었죠."

"그래. 그 규격에서 벗어나는 것은 모두 잘못된 것으로 치부하더군."

"그래야 컴퓨터가 인식을 할 수 있으니까요."

"손의 감각은 그 계산에 포함시킬 수 없는 것들이지. 계산기의 기준에 맞춰 수치화할 수 없으니, 손기술의 정수는 다 사라진다고 봐야지. 그건 장인이 아니야. 계산기 기술자지."

"그렇게 생각할 수도 있겠군요."

"지금은 시절이 좋아져서, 나무가 많이 있지만, 옛날에는 나무도 귀한 자원이었다네. 석유가 나오기 전에는 땔감으로 많이들 사용했지. 그리고 품질이 좋은 나무는 더더욱 귀했다네. 그때부터 장인들은 어떻게 하면 한정된 자원으로 오래 사용할 수 있는 가구를 만들 수 있을까를 고민했었지."

내가 본 귄터는 아직도 쓰고 버려지는 것보다는 오랜 세월 간직하고 기억되는 작품을 만들고 싶어 했다.

"그랬겠죠."

"그런 절박함이 기술을 발전시켰고 대대로 이어져 내려온 거라네. 귀한 자원을 어찌 함부로 낭비할 수 있었겠나. 지금과는 천지차이라고 할 수 있지."

풍요로움은 낭비를 만든다.

내일도 새로운 제품이 나오는데, 어제의 제품을 소중히 여길 사람은 없다. 몇몇의 소장품을 제외하고는 모두가 똑같이 취급된다. 그리고 그 소장품의 숫자는 세대를 거듭 내려갈수록 적어진다.

작품에 대한 애정은 사라지고 제품으로서의 소비만이 남게 된다.

너무 풍요로워서 소중한 것이 존재할 수 없다.

"손의 감각으로만 전달되는 것이 있다네. 실수해야만 얻게 되는 것이 있다네. 그건 숫자로 표기할 수 있는 것이 아니야."

그의 목소리는 회한 같은 것이 섞여 있었다.

"목수라면 나무의 결을 느낄 줄 알아야 한다네. 나무와 친해지고 그 생몰(生沒)을 알게 되면 망치와 끌이 제 길을 찾아가는데, 기계에는 그것이 없지. 오로지 똑같은 곡선, 똑같은 형태를 만들어내지. 자연스러운 형태는 사라지고 판박이를 찍어내는 것 같다네."

그는 넋두리하듯 이야기를 이어갔다.

어쩌면 자신의 실력을 사람들이 알아주지 않음을 원망하는 것처럼 들릴 수도 있지만, 그것이 아니었다.

그의 말은 한탄이었다.

"성훈. 그것 어디에 다양함과 자연스러움이 있겠나. 그만큼 사람들의 보는 눈도 좁아지고 낮아지는 것일세."

아름다움도 교육받는 시대가 아닌가?

'이것이 아름다움이다'라는 명제를 못 박아놓고 교육을 시킨다. 아니, 세뇌에 가깝다.

스스로 이것이 아름답다고 판단하지 못한다.

'그것밖에 본 적이 없는데, 알 수가 없지.'

더구나 디자인 회사들의 목표는 아름다움이 아니다.

아름다움, 새로움은 매출을 위한 도구로 전락한 지 오래였다.

"다음 시즌에는 이것이 유행할 거야. 모두 이렇게 찍어내라고."

모든 디자이너의 펜은 그 유행을 따라 몰려든다.

창작과 다양함은 사라지고 오로지 소비자의 말초신경만을 자극한다.

그리고 스스로는 그것이 옳다고 믿는다.

저급한 자기세뇌다.

오로지 목표 달성만을 향해 달려간다.

그 목표란 바로, 돈이다.

그 길에 아름다움과 다양함이 존재하기는 하는가?

'누군가를 탓할 것은 아니지. 그게 흐름이니까.'

유행은 돌고 돌아, 다시 소비자들은 그때의 아름다움을 찾을 것이다.

가능할 것 같은가?

이미 그것을 할 줄 아는 자들은 늙어죽었거나, 혹은 굶어죽었다.

처음부터 다시 시작하거나, 영원히 잃어버리게 된다.

아쉬울 것은 없다.

내일은 또 다른 유행을 찾아갈 테니.

귄터가 말했다.

"세월은 변하고 따라가지 못하면 쇠퇴하는 것이지."

나비가 꽃을 따라가는 것이 아니라, 꽃더러 날 따라오라 말한다. 이 얼마나 어리석고 오만한 말인가?

소중한 것은 사라졌을 때에야 비로소 그 가치를 알게 된다.

⁂

아침 식사를 마치고 성훈이 말했다.

"귄터. 저 먼저 가서 정리하고 있을게요."

"그래주겠나? 콜록. 내 곧 따라가지."

성훈이 나가자 귄터도 식탁에서 일어섰다.

"할아버지. 오늘도 작업하려고요?"

"밖에 나갈 수도 없는데, 의자나 만들지."

"어제 밤새도록 끙끙거렸으면서. 오늘 하루는……."

"내 몸은 내가 알아. 네 녀석이 참견할 바가 아니다."

"칫."

괜히 걱정하다가, 한 소리를 들은 소피아는 고개를 돌리고 하던 짐정리를 마저 했다.

"소피. 왜 벌써부터 짐을 정리하는 거냐? 내려가려고?"

"네, 차가 다닐 수 있으면 갈 거예요."

"항상 겨울이 끝나면 가더니, 이번에는 왜 그리 서두르는 거냐?"

"출산일이 얼마 남지 않았거든요."

"응? 출산?"

"새엄마요."

"흠. 벌써 그렇게 됐냐?"

"네, 벌써 일 년이 지났네요. 이제 아빠랑……."

"콜록. 그 얘길랑 하지 말거라."

"할아버지."

"왜?"

"아빠도 많이 늙었어요."

귄터는 말없이 오두막을 나갔다.

귄터는 한참이나 있다가 공방으로 들어왔다.

"산책하셨어요?"

"미안허이. 역시 깔끔하게 정리를 잘해 뒀구만."

"항상 제자리에 있어야. 작업이 수월하죠."

일의 절반은 준비 과정이라 해도 과언이 아니다.

칼을 잘 갈려 있어야 하고 도구는 제 위치에 있어야 한다. 이런 기본이 되어 있지 않은 장인은 공구를 찾다가 시간을 허비하고 홈을 가공하다 날을 갈아야 한다.

"어제 흔들의자를 다용도로 만든다고 했던가?"

'무슨 변덕이지? 하루 만에.'

"네, 조립식이 된다면 다용도로 사용할 수 있겠죠."

귄터가 고개를 끄덕거렸다.

"그럴듯하군. 그렇게 만들어 본 적은 있나?"

"글쎄요. 애초에 조립식을 목적으로 만들어본 적은 없네요."

그가 말했다.

"해보지. 콜록. 클클."

"갑자기 결심을 바꾼 이유가 뭡니까?"

80년이나 묵은 고집이 바뀔 이유가 뭔가?

"그걸 알아서 뭘 하게. 변화가 필요한 시기가 되었나 보지."

'허. 어이가 없네. 만들다 보면 알게 되겠지.'


오늘의 제작에는 귄터의 잔소리가 덤으로 따라 붙었다.

"어허. 성훈. 결을 그렇게 타면 안 된다니까."

"오늘 유난히 까칠하신데요?"

"지금 만드는 건, 내 장인 인생 최초이자 마지막으로 만드는 조립식 작품이 될 거라네!"

"처음이자 마지막이라니, 말씀이 너무 거창한데요."

누가 때려도 넘어질 것 같지 않은, 드워프 같은 노인네가 하는 말 치고는 신빙성이 없었다.

"요즘은 몸도 예전 같지 않고 감도 영 떨어져."

"전혀 그렇게 보이지 않는데요."

"데끼. 어른이 그렇다면 그런 줄 알아."


"귄터. 등받이를 2단으로 만들 필요가 있나요?"

"조립식이라면서. 당연히 분리가 되어야지."

"어제 얘기했던 요람을 만드실 생각인가요?"

"크흠. 뭐. 그 비슷한 거야. 콜록."

이상한 것도 아닌데, 뜨끔한 모양으로 귄터는 기침과 헛기침을 연신 해댔다.

굳이 요람의 펜스 용도가 아니라면 등받이를 2단으로 분리할 필요가 없었을 테니까.

만드는 과정은 흔들의자와 비슷했다.

대신 좌판(엉덩이가 닿는 판)의 너비를 두 배로 키웠다.

의자로 쓸 때는, 컵이나 잡다한 물품을 얹는 공간이 될 것이다.

양쪽의 팔걸이대를 뽑아서 좌판 끝으로 끼우면 장축의 펜스가 되고 등받이는 두 개로 분리되어, 하나를 좌판의 앞쪽으로 끼우면 아기가 굴러 떨어지지 않게 하는 단축의 펜스가 된다.

귄터가 호통 쳤다.

"아무리 조립식이라고 해도 대충 만드는 건 용서 못 해."

"그건 나도 용서 못 하긴 마찬가지라고요."

한 번뿐인 인생에 대충이 어디 있나!

죽을 둥 살 둥 해도 시간이 모자란 판국에.

고작 의자 하나를 만드는데, 공방에는 열기가 가득했다.

과로하지 말라며 소피아가 한바탕 잔소리를 늘어놓고 간 후, 슬며시 그녀의 아버지에 대해 물어보았다.

"소피의 아버지도 가구 회사를 한다던데요."

"녀석은 '귄터&프란쯔'라는 회사를 운영하고 있다."

"헉? 정말요?"

나도 익히 알고 있는 회사였다.

'Germany Craft'라는 유명 브랜드의 전신으로, 국내에 들어오는 독일 가구의 대부분을 차지할 정도로 규모가 큰 회사였다. 전 세계적으로도 인지도가 높았다.

'그렇게 큰 회사일 줄이야.'

물론 나는 사장이 만나줘야 할 정도로 높은 사람이 아니었고 그 회사의 영업사원들만 만나봤지만 말이다.

고가임에도 불구하고 그 회사의 제품들은 없어서 못 팔 정도로 인기가 있었다.

'귄터'라는 이름을 들었을 때, 눈치를 챘어야 하는 건데. 바뀐 이름에 익숙하다 보니, 눈치채는 게 늦었다.

그러나 그에 대한 귄터의 평은 냉랭했다.

"흥. 그래 봐야 사업가일 뿐이다. 돈밖에 모르는 놈."

"가구도 잘 다루신다고 하던데."

"그건 인정하지. 그런 재주를 가지고도, 돈 버는 것밖에 할 줄 모르니까 하는 말이다."

"왜 그렇게 폄하하시는 겁니까? 그렇게 회사를 잘 운영하시는 분을?"

"그놈 하나 때문에 독일의 가구들은 다양성을 잃었다."

"그건……."

그 회사는 다른 회사들을 인수 합병하는 것으로도 악명이 높았다. 사장이 냉혈한이고 수익을 극대화하기 위해 수단과 방법을 가리지 않는 인물로 기억하고 있다.

'하긴 유명 가구회사는 전부 먹어 치웠으니.'

"녀석은 나에게 자랑스러운 아들이었어. 공방에서도 인정하는 촉망받는 인재였고 나도 녀석에 대한 기대가 컸었지. 나도 녀석이 발전을 위해 미국으로 유학 가겠다고 했을 때 쾌히 찬성을 했었고."

귄터는 찬물을 한 잔 들이켜더니, 주머니에서 파이프와 담배봉지를 꺼내들었다.

"내 장인들에게도 귀여움을 독차지했단 말이야. 그랬던 녀석이…… 콜록. 콜록. 어려운 시기에 경영권을 물려준 건 미안하게 생각했었다. 그런데 그놈이 내게 경영권을 물려받고 제일 먼저 한 게 뭔지 아나?"

분개한 귄터의 다음 말을 기다렸다.

"내 밑에 있던 장인들을 잘라내는 거였다. 대신 기계들이 내 공방을 채워갔지."

수익성을 따지는 사업가 기질이 있는 그에게는 장인들이 별로 좋아 보이지 않을 터였다.

"나도 그놈이 그런 결정을 할 거라고 생각하고 있었다. 그때는 회사의 존폐를 걱정할 만큼 어려운 시기였으니."

"당신의 반대가 두려웠던 거겠죠."

"흥. 그렇다고 나를 따르던 장인들을 내 허락도 없이 내쫓아! 고얀 놈. 제 놈이 아저씨라 불렀고 어린 시절부터 놈을 자식처럼 귀여워했던 친구들이야."

"어려운 시절이었다면서요."

"그래도 내게 상의는 했어야지. 그게 도리 아닌가!"

머리가 허예진 지금도 이처럼 불같이 화를 내는데, 그때는 더 힘이 넘쳤을 것 아닌가?

아들의 입장이 이해가 되었다.

"공장을 살리기 위한 어쩔 수 없는 선택이었겠죠."

어쩌다 보니, 얼굴도 모르는 사람을 변호하고 있었다.

"어쩔 수 없는 선택? 그 선택을 하기 전에 내게 물어볼 수는 없었나. 그 친구들이 내게 와서 얼마나 하소연을 했는지 아는가?"

하기사 귄터보다 아들에 대해 잘 알 수는 없었다.

그가 울분에 찬 목소리를 쏟아냈다.

"그 결과가 뭔지 아나?"

"지금 공방에는 나무를 아는 목수가 한 놈도 없어. 기계는 잘 다루겠지. 놈들이 만드는 것은 목제품이 아니야."

'목제품이 아니면 뭡니까?'

"그놈들은 플라스틱으로도, 금속으로도 그저 똑같이만 만들면 된다고 생각하는 멍청이들이지. 반드시 나무여야 할 필요도 없지. 정작 제 놈들이 만지는 나무가 뭔지도 몰라."

차마 변명을 할 수가 없었다.

그가 확신하듯 차갑게 말을 뱉었다.

"이제 좀 더 기계화가 되면 그놈들도 필요가 없어지겠지. 컴퓨터라고 했던가? 어쨌거나 그 후로 회사에서 나오는 작품들은 모두 쓰레기가 되었어. 정나미가 뚝뚝 떨어지더군. 손으로 만질 줄 아는 장인들이 모두 사라져 버렸으니, 당연한 노릇이지."

"그래도 승승장구하면서 잘나갔잖아요."

"내가 돈을 벌려고 그 일을 시작한 줄 아는가? 아닐세. 돈을 벌려고 했었다면 다른 일을 했겠지. 그 회사는 나와 프란쯔의 정신이 어려 있는 내 전부였다네. 나는 그걸 놈이 잘 이어주길 바랐고."

1970년대, 그때는 세계의 모든 나라가 격동기였다.

귄터에게 물었다.

"화해를 하실 생각은 없으십니까?"

"지금 와서 화해는 무슨. 나도 늙었고 녀석도 늙었다. 그냥 그렇게 죽고 나면 모두 사라질 것을. 다 쓸데없는 감정 소모야.”

권터는 처연하게 파이프를 물었다.

“아드님이 작년에 재혼했다는 것은 알고 계셨습니까? 소피가 원망하던데.”

“흥. 버르장머리 없는 놈. 어른에게 와서 소개를 시키고 인사를 해야지. 딸랑 딸내미한테 소식이나 전해? 올 거면 오고 싫으면 말라는 거냐?”

‘찾아오면 받아줄 생각은 있다는 말이네.’

어쩌면 기다림에 익숙해진 자의 모습일지도 모른다.

찾아가기는 자존심도 상하고 몸도 힘들 테지.

피식 웃으며 물었다.

“찾아오면 받아줄 생각은 있구요?”

“받아주기는 뭘 받아줘! 무릎이라도 꿇고 사죄하면 모를까? 그놈은 그럴 용기도 없을걸!”

과연 그는 언젠가 찾아올 아들을 어떻게 맞아줄 것인가?

어림도 없다며 큰 소리를 치는 권터를 보며 나는 웃음이 나왔다.

사과와 화해에는 시기가 있다.

아무리 친했던 사람도 어색함이 생기면 다가가기 어렵다.

그리고 가끔은…….

사과도 화해도 필요 없는 사이가 있다.

권터와 나의 흔들의자가 완성되었다.

흔들의자의 늘어난 양쪽 좌판은 커피나 파이프를 놓는 여유 공간으로 이용될 것이다.

권터가 기침을 하며 말했다.

"콜록콜록. 성훈. 수고했어."

"뭘요. 권터가 다 한 거나 마찬가지인데요."

완성품만 만들다가 조립식을 처음으로 시도하려니, 시행착오를 많이 겪었다. 그래서 사흘이면 완성이 되었어야 할 것이 일주일이나 시간이 걸렸다.

"이제 모든 것을 제자리로 돌려놓는 일만 남았군그래."

그의 말에 미소로 답했다.

"알았어요. 제가 치우고 갈게요. 먼저 들어가 계세요."

권터가 작업대에서 일어났다.

"끄응. 오늘은 마지막으로 자네가 끓여주는 라면이라는 걸 먹고 싶구만."

그는 오두막으로 돌아갔다.


작업대를 정리하고 오두막으로 돌아갔을 때, 권터는 잠들어 있었다.

소피아가 그를 옮기려고 낑낑거리고 있었다.

"제가 할게요."

"정말 내가 못살아요. 그만큼 쉬엄쉬엄하라고 했더니."

권터는 요 며칠의 활기찬 움직임이 거짓이었던 것처럼 탈진해 있었다. 그를 들어 난로 옆 소파에 뉘었다.

이제는 침대라고 해도 될 것이다. 항상 거기에 누워서 잤으니.

'이것도 다용노라면 다용도겠지.'


소피아는 권터의 이마에 물수건을 갈아주는 중이었다.

"아우. 정말 남자라는 사람들은 말을 안 들어요."

그건 국적, 인종, 나이를 불문하고 다 똑같을 것이다.

나라고 다르겠냐만, 그녀의 잔소리가 내게 옮아오는 것은 사양이었다.

"그러게요. 남자란 참."

그녀가 잡아먹을 듯한 눈빛을 내게 쏘아 보냈다.

'뭐. 난 권터의 수발을 든 것뿐이라고.'

"흥."

그녀가 고개를 홱 돌렸다.

나는 그녀 옆의 양동이를 집어 들었다.

"물도 바꿀 겸, 우리 산책이라도 하죠."

권터는 이틀 동안 누워서 끙끙대며 앓는 소리를 냈다.

그리고 나와 소피아는 여유를 즐겼다.

성훈은 호수 중앙으로 카약을 몰았다.

소피아는 성훈을 등지고 그림을 그리고 있다.

날이 추워서 그런지, 고기들이 도통 입질을 하지 않는다.

소피아가 물었다.

"성훈은 언제 떠날 건가요?"

"모르겠어요. 아직 귄터도 아프니, 좀 더 있을까 하는 마음도 생기고."

"그래요? 좀 더 같이 있었으면 했는데."

"왜요? 벌써 가려구요."

"네, 이제 곧 엄마가 출산을 하거든요."

"엥?"

소피아가 몇 살인데, 엄마가 또 출산을 한단 말야?

성훈은 눈이 동그래져서 그녀를 쳐다보았다.

"새엄마예요."

아무렇지 않은 듯 그녀가 말했다.


잔잔한 바람에 물결이 흔들린다.

"5년 전에 엄마가 돌아가시고 아빠는 많이 힘들어 했거든요."

인생의 반려가 어느 날 갑자기 사라진다는 것은 때때로 삶을 허무하게 만든다. 누군가를 위해 뭔가를 해줄 수 있다는 목적을 상실하게 하기 때문이 아닐까?

매일 잔소리를 하든 키스를 해주든, 죽을 때까지 옆을 지키겠노라 맹세했던 사람이 사라지면 가슴엔 시린 바람만 가득 찬다.

"그때, 옆에서 도와준 언니 같은 분이었어요."

그 말을 하면서도 복받쳐 올랐던 모양이다.

울먹이는 소리로 말했다.

"좋은 사람이에요. 엄마에게도 잘했고…… 또."

소피아는 새엄마가 좋은 사람이라는 말을 반복하고 있었다.

그것을 말하는 만큼, 그녀의 아빠에게 생모의 존재감은 희미해질 것이다. 그렇게 사춘기를 보내왔다는 말인가.

그녀가 한창 감성이 예민할 시기에 그녀의 어머니는 돌아가셨다.

"소피아. 당신이야말로 힘들었겠군요."

그녀의 스케치북이 젖어들었다.

소피아는 아무렇지 않은 듯 계속 스케치북을 들고 있다.

"그녀는 엄마의 빈자리를 대신 채워줬어요. 엄마가 아닐 때는 좋았어요. 하지만 막상 엄마라고 부르려고 하니……."

얼마나 힘들었을까?

"말하지 않아도 돼요."

성훈은 가슴으로 그녀의 차가운 등을 안아주었다.

온기를 느끼며 그녀가 말했다.

"난 엄마에게도 그녀에게도 좋은 딸이 아니었어요."

누구나 생각하는 것이다.

사라진 다음에나 알게 되는 것이 소중함이니까.

"이제 곧 아기가 태어날 거예요."

하긴 결혼한 지 일 년이 되었으니, 전혀 이상할 것이 아니었다.

그녀가 두려워하는 것은 뭘까?

"그래도 당신은 그들에게 소중한 딸일 거예요."

"정말로 그럴까요?"

그녀처럼 사랑스러운 딸을 둘 수 있다면 그것 자체로도 그 사람은 행운이라고 할 수 있다.

성훈에게도 예진이는 세상과 바꿀 수 없는 보물이었다.

"당연하죠. 확인할 필요도 없는 거예요."

소중한 것은 잃어버리기 전에는 그 가치를 알지 못한다.

성훈은 이미 잃어버렸기에, 그 느낌을 누구보다 잘 알지 않을까.

소피아는 성훈에게 등을 기댔다.

여명이 어슴푸레 떠올랐다.

눈을 뜨니 권터가 보이지 않았다.

발코니로 나왔다. 그는 안개 자욱한 호수를 보고 있었다.

"왜 여기 나와 계십니까?"

"원래 늙으면 새벽잠이 없다네."

이제 몸살이 다 나은 것인지, 아픈 기색은 많이 없었다.

'안 아프냐고 물으면 버럭 화를 낼 테지!'

나도 옆에 앉아서 같이 새벽의 고요함을 즐겼다.

가끔씩 들려오는 새 지저귀는 소리와 물고기가 튀어 오르는 소리 말고는 조용했다.

"성훈."

파이프를 문 그는 나를 보며 미소를 짓고 있었다.

"여기 좋지?"

뜬금없는 말이었다.

그러나 당연한 말에 대답이 필요할까?

그저께 완성된 흔들의자에 앉아서 앞뒤로 끄덕끄덕하는 귄터에게 말없는 미소로 답했다.

그런 나에게 귄터가 나직하게 말했다.

"그래. 좋지."

삐걱. 삐걱.

미명의 안개 낀 숲 속.

새 지저귀는 소리와 바닥의 삐걱 소리가 조화를 이룬다.

하지만 너무 자연스러워 귀에 거슬리지 않는다.

평화롭다. 한가롭다. 심신이 안정된다.

귄터가 나직하게 말을 이었다.

"집에 가기 싫을 정도로 좋지? 흐흐."

사실이다. 그냥 여기 눌러앉고 싶은 생각도 있었으니.

이곳에서 보는 새벽안개는 낭만적이었고 소피아는 아름다
웠다. 제법 괜찮은 곳이지 않은가!

"조르당에 대해서 물었던가?"

왜 갑자기 그 이야기를 꺼내는 것인가?

"놈의 독일식 이름은 프란쯔다."

"'귄터&프란쯔'의 프란쯔 말입니까?"

"그렇다네. 녀석과 나는 동문이었거든. 독일에서 가구를
배우다가 죽이 맞았지. 그리고 또 프랑스로 건너와서는 르
꼬르뷔제 아래에서 함께 건축을 배웠다네. 놈이 나치정권
에 이용당하지만 않았더라면 꼬르뷔제 선생이 그런 오해를
받을 일도, 녀석도 이름을 숨길 이유도 없었지."

아마도 2차 세계 대전 이전의 일이었을 테니, 귄터도 프란
쯔도 젊었을 것이다.

"어리석은 녀석."

파이프에 불을 붙이며 말을 이었다.

"녀석 딴에는 뛰어난 건축가가 되고 싶었던 거지. 꼬르뷔
제를 좋아해서 이름도 프랑스식으로 바꿨지."

"그랬군요."

"녀석은 존경하는 꼬르뷔제가 더 높은 곳으로 올라가기를

원했고 전쟁 분위기에 편승해, 그를 영웅으로 만들고 싶었던 모양이다. 그런 조급함이 정치인들의 눈에 띄었고 녀석은 이용당했다. 그만큼 꼬르뷔제는 인지도가 높았거든."

옛날이야기를 풀어내는 귄터의 눈은 초점이 흐려 있었다.

시간을 넘어, 그 시절을 바라보는 것처럼.

내 전체 인생을 통틀어도 나는 그의 반절 정도밖에 살지 못했다. 또한 그는 나로서는 상상도 하지 못할 인류의 역사를 겪어 왔을 것이다.

1차 세계대전 직후에 태어나 격동의 세월을 살았고 2차 세계대전을 겪으며 죽음을 실감했을 것이다.

그리고 나라의 분단을 눈으로 목도하고 패전국이었던 독일을 재건한 산업의 역군이며 통일을 체험했다.

그런 그가 말했다.

"정치는 녀석처럼 멍청한 놈들이 하는 거다. 아니면 아예 순수하던가."

친구를 욕하면서도, 그의 말투는 평온했다.

"정말 생각이 있는 놈들은 정치를 하지 않지. 세상을 바꾸는 것은 정치가 아니거든."

툴툴거리며 다시 말을 이었다.

"대가리에 욕심으로 가득 찬 놈들이 할 일이지. 어차피 그놈들은 노력해 봐야 바뀌는 것은 없다는 것을 이미 깨달았으니, 자기 주머니 채우는 데만 열정을 다하지."

독일인이 정치인을 바라보는 관점도 다른 나라의 사람들과 별반 다르지 않았다.

"조르당은 순수했고 녀석의 진심은 이용당했다. 그게 다야."

그는 간단하게 결론을 내렸다.

'프란쯔, 아니, 조르당은 어떻게 되었을까?'

"놈은 이미 오래전에 죽었다. 아니, 그전부터도 살아 있다고 말할 수는 없었지. 열정은 사라지고 껍데기만 남은 것을 살아 있다고 하지는 않지 않나. 그렇지?"

"그런 사람이랑 어떻게 동업을 하셨는지."

"그놈에게 어떻게든, 일을 시키지 않으면 정말 죽어버릴 것 같았거든. 뭐라도 삶의 목적을 만들어줘야 했다. 녀석의 빛나는 모습을 보고 싶었다."

"잘 안 되었던 모양입니다."

귄터는 씁쓸하게 고개를 끄덕였다.

"그래. 그저 기계적으로 뭔가를 만들었을 뿐이다. 그리고 르 꼬르뷔제의 사망 소식을 듣고 정신을 차리더니, 만든 것이 그거야. 그리고 내게 부탁을 하더군. 그걸 스승의 작품과 함께 놓아달라고. 거기다가 그런 짓을 한 줄은 나도 몰랐지만."

"미안했었나 보죠. 스승에게."

"그랬겠지."

매년 그가 롱샹을 찾았던 것은 친구의 유품이 잘 있는지를 확인하러 갔던 것으로 보였다.

탕. 탕.

다 타버린 재를 털고는 다시 새 연초를 채워 넣었다.


권터의 기나긴 이야기가 끝났다.

그리고 나를 보며 빙긋이 웃었다.

"그거 확인하려고 여기 온 거라면서."

"그렇지요."

그의 웃음에 미소로 맞장구쳤다.

그렇다. 처음 시작이 그것이었다.

"대답을 들었으니, 이젠 가봐."

권터는 웃으면서 나의 반응을 기다렸다.

갑작스러운 축객령에 나는 잠시 할 말을 잊었다.

"정 이런 곳을 갖고 싶다면 다른 데를 찾아봐. 여긴 내 자리야."

그래. 사실 이 말이 나올 줄 알고 있었다.

그는 며칠 전부터 이 말을 하려고 했었다. 몸살에 걸려서 그 말을 할 시점을 놓쳤을 뿐이고 나는 그걸 핑계 삼아 좀 더 머물렀던 것이다.

결국은 이곳이 너무 맘에 들어서 떠나는 것을 뭉그적거렸을 뿐이다.

'조금만 더 있으면 안 될까요?' 하는 말이 입 밖으로 나오려 했지만, 눌러 담았다.

그렇게 말하면 귄터는 거절하지 못할 것이다.

하지만 다시는 말을 꺼내지 않을 것이다.

'하지만 그래서는 군식구가 될 뿐이겠지.'

영원히 머물 것도 아니었고 잠시 쉬어가려 했을 뿐이다. 그 휴식의 시간이 약간 더 늘어났을 뿐이다.

내가 할 수 있는 행동은 긍정도 부정도 아닌, 어쩔 수 없는 수긍의 웃음뿐이었다.


"젊은 친구들은 이런 곳에 있으면 안 돼. 여긴 시간이 멈춘 곳이거든. 나도 프란쯔가 죽은 뒤. 마음이나 달래려고 무작정 걷다가 이곳에 도착했었지. 그게 벌써 30년 전 이야기야. 그러고는 떠날 수가 없게 되어버렸어. 그렇게 한 번 두 번 머무는 시간이 길어지면서, 아들놈에게 경영권을 넘길 수밖에 없게 된 게지. 내가 만약 그런 선택을 하지 않았더라면 녀석과 싸울 일도 없었을 게야."

지난날을 결국은 자기 잘못이라는 말인가?

무슨 말을 하려고 하는 것일까?

"너는 좀 더 늙어서 와라. 지금 내 나이쯤 되면 말이다. 그때는 내가 이 자리 물려주마."

그의 말을 들으며 웃음이 나왔다.

어찌 웃음이 나오지 않으랴!

80살 먹은 노인이 50년 뒤의 일을 말하고 있는데.

귄터가 쑥스러운 듯 먼 산을 보면서 말했다.

"성훈. 나는 네놈이 맘에 든다. 나이답지 않은 진중함도, 모든 것을 놓은 듯이 자연을 즐길 줄 아는 여유도. 네놈 나이 또래에는 그게 쉽지 않거든."

내가 생각해도 이상했다.

다시 젊은 시절로 돌아간 이후, 난 한 번도 쉬지 않았다. 하루에 4시간 이상을 자본 적도 거의 손에 꼽을 정도이니. 그렇게 뭔가 쫓기듯 살아왔다. 이번 삶에서만큼은 실패하지 않기 위해서 최선을 다했다.

그랬었는데…….

이곳에서는 잠시나마 모든 것을 놓고 순수하게 즐길 수가 있었다. 전생에 그렇게 꼴 보기 싫어했던 가구도 만들어보고 말이다.

지금까지 일 년이 넘는 시간 동안. 주변을 둘러볼 때는 내 필요에 의해서였다. 목적이 있을 때 말고는 오로지 앞만 보며 전진했다.

'나는 행복했었나?'

하긴 이런 질문을 할 시간조차도 없었다.


내가 잠깐 미망에 빠져 있었던 모양이다. 귄터의 재촉하는 목소리가 들렸다.

"듣고 있나. 성훈?"

"무슨 말을 했죠?"

"여긴 내 무덤 자리라고."

노인은 덤덤하게 자신의 미래를 준비하고 있었다.

눈물이 핑 돌았다.

나는 인생의 황혼에서 저렇게 편안하게 마지막을 준비할 수 있을까?

2주도 안 되는 짧은 시간. 이 노인과 나는 정이 들었다.

입만 열면 호통이고 아들 욕을 하는 노인이지만, 그를 안다면 누가 그를 미워할 수 있으랴!

"고마워요. 귄터. 덕분에 편히 쉬었어요."

나도 떠나갈 준비를 해야 했다.

귄터가 날 보며 빙긋이 웃는다.

"성훈. 부탁이 있네."

"뭡니까?"

"소피아를 집에 좀 데려다 주겠나. 잔소리가 심해서 명줄이 줄어드는 느낌이야."

"당신 때문에 소피아가 걱정을 많이 했습니다."

그가 몸살을 앓는 동안, 그녀는 귄터를 간호하느라 잠도 제대로 자지 못했다.

"원래 이 나이가 되면 다 그런 것을. 쓸데없는 걱정을."

그냥 고맙다고 하면 될 것을.

늙어지면 쓸데없는 자존심이 생기는 모양이다.

권터가 미간을 찌푸리며 물었다.

"성훈. 왜 웃나?"

"전 당신처럼 늙지 말아야겠다는 생각이 들어서요."

"당연하지. 나처럼 늙으면 안 돼. 꼰대밖에 더 되겠냐?"

"훗."

내 웃음에 그도 웃으며 말했다.

"싱겁기는. 대신이라고 하기는 뭐하지만, 이 의자는 자네
가 가져가게나. 마음에 들어했잖나."

"왜요? 필요해서 만드신 거 아닙니까?"

"만들고 나니, 필요가 없어졌어. 내 것이 아닌 것 같아서
말야. 그럴 필요가 있을까 싶기도 하고. 가져가."

'고집 센 늙은이, 전해 달라고 하면 될 것을.'

내 것은 아니지만, 전달자의 역할은 할 수 있으리라.

"가면 아드님을 만나게 될 텐데, 안부도 전해 드릴까요?"

"흥. 궁금해하지도 않을게야. 신경 쓰지 말게."

"그래도 하나만 전해야 할 것이 있다면요."

권터는 눈을 감고 생각을 하더니 말했다.

"잘하고 있으니, 앞으로도 이대로만 하라고 하게."

'권터&프란쯔' 사장실에 도착했다.

"당신들 대체 뭐하는 사람들이야. 이대로 회사를 말아먹자는 건가?"

문 밖에까지 쩌렁쩌렁하는 고함소리가 울려 나왔다.

여비서가 머쓱한 듯 웃으며 말했다.

"보시다시피. 지금은……."

한두 번 있는 일이 아닌 듯했다.

소피아도 익히 알고 있다는 표정이었다.

"기다릴게요. 에린."

"감사합니다. 아가씨. 차를 내오겠습니다."

그녀가 차를 내오는 동안에도 고성은 끊이지 않았다.

"지금 우리 회사는 생존의 기로에 서 있어. 안 된다는 말만 반복하지 말고 대안을 가져오란 말이야. 다음 회의 때까지 새로운 돌파구를 마련하지 못하면 당신들부터 모가지 날아갈 줄 알아. 다들 나가봐."

인터폰으로 그의 목소리가 들려왔다.

-에린, 시원한 물 한 잔 갖다 주게.

에린은 이미 물잔을 들고 대기하고 있었다.

그녀가 미소를 띠며 말했다.

"같이 들어가시죠. 아가씨."


그는 소파에 앉아 이마의 땀을 닦으며 비서와 이야기 중이었다.

"오. 소피아. 어쩐 일이냐?"

방금 전에 화를 내며 고함치던 사람이라고는 생각할 수 없을 정도로 차분한 모습이었다.

"할아버지에게 다녀왔어요."

"흠. 그래?"

"안 궁금하세요?"

"뭐. 잘 지내시겠지."

애써 궁금함을 참으며 말하지 않는 모습이 어찌 저리 귄터와 똑같을 수 있는지.

"같이 온 사람은 누구냐?"

소피아는 나와 그를 소개시켜 줬다.

"오호, 그래요?"

그는 내가 알고 있던 냉혈한 이미지와는 다르게 상당히 예의 바른 사람이었다.

'사업 쪽에서만 그런 모습을 보이는가 보군.'

상당히 자기 자신을 잘 절제하는 사람으로 보였다.

"그런데 어쩐 일로? 지금 시간을 많이 낼 수는 없는데."

"귄터가 전해 주라고 한 겁니다."

물론 귄터는 그런 말을 한 적이 없지만, 일단 확인을 하려면 만나야 할 것이다. 만난 뒤에는 확인 유무는 아무런 의미가 없어진다.

예상외의 말에 그는 조금 놀란 모양이었다.

"아버지가?"

그의 앞에서 조립을 했다.

별로 시간 걸리는 것도 아니었다.

"흔들의자로군. 날개가 달린. 너도 늙었다는 말씀을 하시는 건가?"

실망감을 가슴에 숨긴 채 그는 말을 이었다.

"고맙다고 전해 주게."

"그냥 흔들의자로 보이십니까?"

성훈의 말이 마음에 들지 않았던 모양이다.

그의 얼굴에 슬쩍 불쾌함이 스쳐 지나갔다.

"애써서 가져와 주었는데, 미안하게 됐군. 지금은 시간이……."

"다른 용도도 있는데 한번 보시겠습니까?"

"놀리는 건 그 정도로 해두고. 용건만 말하게."

비웃음을 날리는 그를 바라보면서 흔들의자 뒤에 섰다.

등받이를 뽑아냈다.

그는 내가 뭘 하자는 건지 보기나 하겠다면 팔짱을 낀다.

두개의 팔걸이를 빼서 양쪽의 컵받이 끝의 구멍에 꽂았다. 그리고 이단으로 된 등받이 상부를 분리하여 엉덩이 판 앞쪽의 구멍에 끼워 넣었다.

흔들의자는 사라지고 요람이 모습을 드러냈다.

"엇!"

모두의 시선이 성훈에게 향했다.

비서가 말했다.

"사장님, 저건 흔들 요람이 아닙니까."

"음⋯⋯."

"저런 제품을 시장에 내보낸다면 충분히 소비자들에게 어필⋯⋯."

"알고 있어!"

그는 비서에게 일갈했다.

"자네가 하고자 하는 말이 뭔가?"

성훈은 귄터가 하지 못하는 말을 대신 해주기로 했다.

"곧 아기가 태어날 거라고 축하한다고 하더군요."

"정말인가? 그렇게 말씀하셨다고?"

"네, 하지만 전해 줄 방법을 몰랐던 것 같습니다."

물론 그는 그렇게 말하지 않았지만, 귄터의 눈빛은 그렇게 말하고 있었다. 사실보다 중요한 것은 진실이다.

귄터가 엉덩이를 걸치고 쉬던 그 자리에 그의 손주가 등을 눕히게 될 것이다. 사람의 진심은 그렇게 이어진다.

귄터의 진심은 이미 아들에게 전해졌다.

사장이 코끝을 어루만지며 숨을 크게 들이켰다.

"훅⋯⋯."

요람을 바라보며 나지막이 한숨을 내쉬었다.

"흠⋯⋯."

사무실 안은 침묵으로 가득 찼다.

그는 아랫입술을 손으로 만지작거렸다.

그리곤 고개를 반쯤 숙이다가 문을 바라본다.

"저, 사장님."

비서가 근심스러운 눈으로 바라보자, 다시 급히 창밖으로 흐르는 구름을 주시한다.

사장이 말했다.

"비서. 자네는 소피를 데리고 좀 나가 주겠나."

사장은 다시 숨을 크게 들이쉬었다.

"흠……."

입술을 말아 물고 잘근거리고 있었지만, 그는 아무 말도 하지 않았다.

잠시 후, 사장이 말을 꺼냈다.

"그걸 이리 좀 가져다주겠나."

가져온 흔들 요람을 손으로 슬쩍 밀며 말한다.

"앉게나. 젊은이."

또다시 침묵.

무뚝뚝한 얼굴로 두 손을 모아 코앞에서 꼼지락거린다.

그저 말없이 요람을 주시할 뿐이다.

"아버지께서 나에 대해 뭐라 하시던가?"

"괘씸한 놈이라 욕하시더군요. 피도 눈물도 없는 녀석이라고요."

권터의 말을 하나도 가감 없이 전했다.

"크크큭. 아버지라면 그러셨을 테지."

그가 말을 이었다.

"나는 회사를 살리기 위해서 그런 결단을 했을 뿐이네."

나는 말할 것이 없었다.

그냥 그의 차가운 눈을 바라보았다.

그가 손을 풀었다가 다시 합쳤다.

"그때로서는 그 방법밖에 없었어."

"……."

그가 모은 두 손에 이마를 갖다 대며 고개를 숙였다.

"큭…… 아버지에게 차마 말하지 못할 이야기들도 있었지. 그들은 아버지가 평생을 믿고 신뢰해 온 사람들이었어. 그들의 부정을 차마……."

"하지만 진실을 말해줄 수도 있었잖아요."

"아닐세. 아버지는 그걸 들을 상황이 아니셨지."

오해는 시간이 묵으면 강해지는 마물이다.

"그렇게 10여 년이 지나 버린 거군요."

"그렇게 된 거지. 살아남기 위해 정신없이 뛰어다니다 보니, 이제는 건널 수 없는 강이 되어 있더군."

"하지만 이제는 모두 지난 일들이 되어버렸으니, 이야기할 수 있지 않을까요?"

"그럴까?"

"귄터가 이 말은 꼭 전하라고 했습니다."

그는 내 입을 바라보고 있었다.

"지금까지도 잘해 왔으니, 앞으로도 이대로만 하랍니다."

그 말을 들은 사장은 옆의 요람을 손으로 밀었다.

요람이 시계추처럼 흔들리며 제자리를 왔다 갔다 한다.

사장은 한참이 지난 후에야 입을 열었다.

"아버지는…… 여전히 건강하시겠지?"

그는 힘겨운 듯 갈라진 목소리로 말을 뱉었다.

내가 그를 탓할 이유는 없었다.

각자의 사정이라는 것이 있었을 테니까.

"아마 지금쯤 몸져누우셨을 겁니다. 오기 전에 몸살을 아주 심하게 앓으셨거든요. 저것도 마지막 작품이 아니겠냐고 하시던걸요."

그는 내 말이 떨어지기가 무섭게 고개를 들었다.

눈물을 참으려는 듯 눈동자에 힘이 들어갔지만, 흰자위는 붉게 변해 있었다.

"소피아에게 걱정을 끼치지 않기 위해 괜찮은 척하셨지만, 이제 나이가 있으신 만큼……."

눈자위를 꿈틀거리며 그가 다시 물었다.

"정말인가?"

그를 보는 대신, 요람으로 눈길을 보냈다.

"저걸 꼭 완성하고 싶어 하셨거든요. 직접 전해 주지 못할 것을 알면서도요."

"왜?"

왜 직접 전해 주지 않는가 하는 말이겠지.

그는 말을 끝맺지 못하고 천장을 올려다보았다.

고인 눈물을 떨어뜨리지 않으려는 거다.

'이 단순한 사람들아!'


"그건 아마……."

한숨이 절로 나왔다.

"후……. 당신과 같은 이유겠죠."

나를 바라보는 그의 눈가에 경련이 일었다.

그 흔들림에 고여 있던 눈물이 흘러내렸다.

그가 급히 고개를 숙였다.

'이런 사람이 어떻게 독일의 가구업계를 정복했을까?'

그는 흔들리는 어깨를 감추지 못했다.

폐에서 나오는 소리가 쩍쩍 갈라진다.

"나를 미워하시던가?"

"네, 그렇게 말씀하셨습니다."

"크크크. 그러시겠지."

"하지만……."

그의 어깨가 멈췄다. 그럼에도 아직은 작은 떨림이 있다.

"제게는 당신에게 미움받는 것이 더 두렵다는 소리로 들렸습니다."

그는 고개를 숙인 채 말이 없었다.

어차피 시작한 말, 마저 말해 버리기로 했다.

나직하게 물었다.

"당신도 그렇지 않습니까?"

티슈를 뽑아 고개 숙인 그에게 내밀었다.

"기다리고 계실 겁니다. 아마도."

"과연 그럴까?"

그의 목소리에서 망설임이 느껴진다.

"욕을 한 바가지 하시겠죠."

"그렇겠지."

"그렇게라도 안아드리면 좋지 않을까요. 이제 내칠 힘도 없으실 테니."

"그렇게 약해지신 건가?"

'그 정도는 아니지만.'

중요한 건 둘이 만나는 거지.

나중에는 날 사기꾼이라도 욕해도 상관없다.

그때가 되면 난 이곳에 없을 테니까.

그는 눈물을 정리했다.

고개를 들었을 때는 다시 차가운 얼굴로 돌아와 있었다.

그에게 말했다.

"고맙다는 말을 하실 거면 직접 하시지요."

"그래야겠지."

그는 인터폰을 눌렀다.

"차를 준비해. 오늘 일정은 모두 미뤄."

그는 자리에서 일어났다.

"못난 모습을 보였네. 그리고…… 고맙네."

그가 악수를 청했다.

"제가 한 일은 없습니다."

감사를 받기 위해 시작한 일이 아니었다.

귄터의 행복을 위한 것이었다.

소중한 것이 뭔지 가르쳐 준 그에 대한 보답이었다.

모든 일에 보상이 있어야만 하는 것은 아니지 않나.

"그래도…… 고맙네."

"알겠습니다. 부디 잘 화해하시길."

그의 맞잡은 손을 꽉 쥐었다.

입을 꾹 다문 그가 고개를 끄덕였다.


소피아는 아버지와 함께 귄터에게 갔다.

나는 자리에서 일어섰다.

귄터가 내심 원하던 것은 잘 전달된 것 같다.

그의 흔들의자는 제대로 된 작품이었다.

욕심은 나지 않았다면 거짓말이겠지만, 내 것이 아님에도 탐하면 내 것을 잃게 된다.

"성훈 씨, 한국으로 돌아가시는 겁니까?"

사장과 있던 비서가 나를 불렀다.

아까 소피아와 나갔을 때, 내 이야기를 나눴던 모양이다.

나는 고개를 끄덕였다.

"소피아가 전해 드리라 하더군요."

그가 내민 것은 소피아의 스케치북이었다.

"이걸 왜?"

"찾으러 갈 거라고 잘 간직해 달라고 했습니다."

아무 생각 없이 스케치북을 넘겼다.

처음 만났을 때의 롱샹성당부터 시작해서, 오두막, 내 얼굴, 내가 낚시하는 모습, 귄터와 의자를 만들 때의 광경, 눈물자국이 남아 있는 산의 스케치까지.

우리가 만났던 여정이 담겨 있었다.

'2주 간의 일기장인가?'

고개를 끄덕였다.

내게도 소중한 기억이었다.

나는 귄터와 가구를 만드느라, 미처 그림을 그릴 여력이 없었지만, 그녀는 그동안 그림을 그렸던 모양이다.

할아버지를 생각하는 마음이 느껴지는 그림이었다.

그에게 연락처를 남겼다.

"이리로 연락하라고 하십시오."

"네 감사합니다. 잘 전해 드리겠습니다."

나는 이제 한국으로 돌아가야 한다.

목 빠져라 기다리는 사람도 있을 것이다.

그리고 끼어들 자리와 그러지 말아야 할 자리가 있다.

그들만의 오해가 풀리는 데는 시간이 필요할 것이다. 둘이서만 서로를 바라보는 시간 말이다. 오로지 둘만의 시간을 가지기를 바랐다.

권터와의 만남은 의도하지 않았던 것이지만, 내게는 더없이 소중했다. 그는 진정한 장인이었다. 그에게서 나무를 대하는 자세를 다시 배웠고 장인의 감각이란 말로는 전할 수 없다는 가르침을 깨달았다.

그 외에도 그가 했던 말들은 내게는 큰 선물이었다.

두 사람의 화해를 봤으면 좋겠지만, 나중을 기약하기로 했다.

인연이란 술과 같아서 기다림으로 익어간다.


비서가 내 연락처를 받으며 명함을 내밀었다.

"사장님의 직통 번호입니다."

고급스러운 금장이 된 명함이었다.

명함을 받자 비서가 말했다.

"제가 공항으로 모시겠습니다. 가시죠."

리무진을 타며 비서가 말했다.

"감사합니다."

뭐가 감사하다는 말인가?

"큰어른의 소식을 전해 주신 것 말입니다."

"아, 네."

"그분은 제게 삼촌 같으신 분입니다. 어릴 때부터 그분 밑에서 가구를 배웠습니다."

"아, 그렇습니까?"

"지금 공장에 있는 사람들 대부분, '귄터&프란쯔'를 처음 시작했던 장인들의 자녀입니다. 사장님께서 가려 뽑으셨죠."

왜 이런 말을 사장은 하지 않았을까?

귄터가 만약 공장으로 돌아오게 된다면 아들의 진심을 알게 될 것이다. 그의 친구들을 잊어버린 것이 아님을.

그들에게 필요했던 것은 서로를 생각하는 진심보다는—이미 충분했으니—허울이라도 좋으니 사과하는 모습이었을지도 모른다.

아무리 사랑이 넘쳐나도 상대가 알아주지 못하면 그것은 공염불만큼이나 무의미하다.

"훗. 계기가 필요했던 거네요. 화해를 할 뭔가."

비서가 고개를 끄덕였다.

"그리고 전해 주신 큰어른의 작품은 우리 회사의 돌파구가 될 것 같습니다. 그 또한 감사드립니다."

"전 배달부였을 뿐입니다."

"하지만 그 역할을 아무도 하지 못했습니다. 심지어 저조차도 내쫓기기 일쑤였으니까요."

사장이 직접 갔으면 결과가 사뭇 달라졌을지도 모르지만, 이제는 과거의 일일 뿐이다.

'지금쯤 버르장머리 없는 놈이라면서, 욕을 먹고 있겠지!'

상황이 눈에 잡힐 듯 훤하니, 피식하는 웃음이 나왔다.

"잘되었으면 좋겠습니다. 아니, 잘될 겁니다."

'귄터&프란쯔'는 잘될 것이다.

이 브랜드는 이전 삶에서도 유명세를 떨쳤었다.

굳이 나의 '배달'이 아니었더라도, 어떤 방식으로든 지금의 어려움을 극복했을 것이다.

비서도 동의했다.

"그럴 겁니다. 역시 큰어른의 작품은 예사롭지 않더군요."

서로 동문서답을 하며 공항에 도착했다.

"이제 곧 도착이구나."

김포공항이 눈에 보였다.

짧다면 짧고 길다면 긴 여행이 끝났다.

36장
실시 설계(1)

통관절차를 거치고 있는데, 직원이 나를 따로 불렀다.

"김성훈 씨, 이 시계는 어디서 구입하신 겁니까?"

성훈은 사실대로 말했다.

"쿠웨이트의 압둘 왕자에게 선물 받은 겁니다. 문제가 있습니까?"

백만 원 정도 하는 거라면 세금이 얼마 나오지 않을 것이므로, 오백 정도 하는 고급시계라고 하면 세금이 100만 원 좀 넘게 나올 것이다. 지난 삶에서 부장이 시계를 사다 달라고 해서 구입한 적이 있었다.

그때 나는 시계가 무슨 오백이나 하냐고 속으로 쌍욕을 했었다. 하지만 지금은 이해할 수 있다.

돈이 있는데 뭘 못 사겠는가?

'그 정도라면 아깝긴 해도 내줘야지. 준 성의가 있는데.'

직원은 다급하게 무전기로 누군가와 이야기를 하고 있었다. 그의 상급자였던 모양이다.

"네, 세관장님. 그리 가겠습니다."

"얼마인지를 몰라서 신고를 안 했던 겁니다. 세금을 내야 한다면 내겠습니다."

세관원은 내 얼굴과 여권을 비교하고 시계를 보더니 말했다.

"잠시 동행해 주시겠습니까?"

뭔가 심상찮은 분위기가 맴돌았다.

'혹시 압둘이 미친 짓한 거 아니야?'

혹시 수천만 원짜리 시계라면 당장 돌려줘야 했다.

세금만 1,000만 원 단위로 나올 것은 당연하고 차고 다닐 수도 없다. 그런 것을 차고 다닐 수 있는 사람은 압둘처럼 경호원을 데리고 다녀야 한다.


공항세관 사무실로 따라 들어갔다.

세관장으로 보이는 사람이 성훈에게 물었다.

"혹시 쿠웨이트의 압둘 왕자라고 하셨는지요."

"네, 맞습니다. 무슨 문제인지 말씀을 해주셔야……."

"잠시만 기다려 주십시오. 대사관에 잠시 확인만 하면 됩니다."

세관장은 전화를 걸면서 밖으로 나갔다.

'대사관에는 왜?'

생각도 못 한 곳에서 시간을 빼앗기게 생겼다.

영 부실했던 기내식에 배가 고파왔다.

함께 있는 직원에게 말했다.

"저기 죄송한데, 빨리 좀 끝내 주실 수 없으신지."

"왜 그러십니까? 불편하신 점이 있으신지."

"배가 고파서요."

직원이 말했다.

"잠시만 기다려 주십시오."

그는 공항 중식당에 전화를 걸었다.

"공항에서도 배달을 하는 모양이죠?"

직원이 웃으며 말했다.

"네, 뭐. 가끔 있는 일입니다."

종종 배달도 하는 모양이었다.

'역시 배달의 민족이야. 장사에는 친절이 생명이지.'

세관장실로 아랍인 두 명이 들어왔다.

"대사님, 저번에 말씀하셨던 그분이 들어왔습니다. 확인 좀 부탁드려도 될까요."

그는 성훈의 여권을 들이밀었다.

"네, 맞습니다. 얼굴은 직접 확인하신 거지요."

세관장도 고개를 끄덕였다.

대사가 말했다.

"그럼. 그때 말씀드린 대로 세금은 즉시 납부하도록 하겠습니다."

"그럼 저분은 어떻게……."

"그분께서 저 시계가 얼마냐고 물으시면 1,000만 원이 좀 안 된다고 말씀을 하시고 세금은 압둘 왕자님께서 내셨다고 하시면 됩니다."

"대사님. 아무리 그래도……."

"수입품에 대해서 세관장님보다 더 잘 감별할 사람이 이 나라에 있겠습니까?"

사실이었다.

세관장은 경력만 30년이 넘어가는 베테랑이었다.

'그런데, 저런 시계는 나도 처음 봤다고.'

브랜드가 '파텍 필립'이라는 것은 안다.

저것보다 저가로 보이는 시계는 몇몇 부자가 차고 다녔다. 물론 그것들도 모두 그의 손을 거쳐서 들어간 것이었다. 그때마다 파텍에 요청해서 카탈로그를 받았었지만, 지금 본 기억으로는 3억 이상으로 기억을 하고 있었다.

'이 짓도 제대로 하려면 끊임없이 공부를 해야 하는구만.'

세관장은 생각과는 상관없는 미소를 띠었다.

"그래도 절차라는 것이……."

대사는 세관장의 손을 꼭 쥐며 부탁했다.

"부탁드립니다. 왕자님의 특별한 부탁이었습니다."

뒤에 있던 부하가 대사의 눈길을 받고 안주머니에서 봉투를 꺼냈고 대사는 다시 그것을 세관장에게 건넸다.

그리고 역시 한국에 익숙한 사람답게 말했다.

"작은 성의입니다."

손에 쥐어진 봉투를 누가 볼세라 얼른 안주머니에 넣으며 세관장이 말했다.

"반드시 그렇게 하겠습니다. 그리고 다른 문의 사항이 있다면 대사관으로 연락을 드리라고 하겠습니다."

"그렇지요. 그렇게 하시면 됩니다."

세관장이 돌아서는 그들에게 물었다.

"안 만나고 가셔도 됩니까?"

"괜히 보고 가면 의혹만 더 살 것입니다. 그냥 돌아가는 것이 나을 것 같습니다."


그들이 돌아간 뒤, 사방을 확인하고 안주머니의 봉투를 꺼냈다.

"두툼하네. 훅."

봉투에서 막 찍어낸 듯한 돈 냄새가 났다.

"으헉. 전부 100달러짜리."

세관장은 하마터면 엉덩방아를 찧을 뻔했다.

"아랍 놈들이 돈을 물 쓰듯이 한다더니."

봉투를 다시 안주머니로 넣었다.

"정체가 대체 뭐기에 저렇게 신경을 쓰는 거야? 대부호의 아들인가?"

젊은이가 지금 차고 있는 '파텍 필립'이 어떤 시계인가?

'난 저런 시계를 직접 찬 사람도 처음 봤는데. 판매가로 3, 4억이었지.'

직접 본 적이 있어야 진품인지 가품인지를 구별하겠지만, 선물을 한 사람이 아랍의 왕자였다.

가품일 가능성은 0%였다.

그리고 저건 수십 년의 경력으로 봤을 때, 한정판이었다. 그것도 선택된 자들만이 가질 수 있는 초고가 한정판 말이다.

대체로 저런 물건은 '판매가'라는 것이 의미가 없다. 구매자와 판매자의 가격이 맞으면 결정된다. 중고라는 것은 별 의미가 없다. 오히려 중고가 더 비싸다.

완전 한정판으로 돈을 줘도 못 사는 물건을 선물하는 것도 대단한데, 세금까지 내준다는 말인가?


세관장이 들어왔다.

성훈은 마침 식사를 마치고 차를 마시고 있었다.

세관장이 말했다.

"혹시 불편하신 점은 없으셨습니까?"

"네, 친절히 대해 주셔서…… 그런데 왜?"

"시계가 처음 보는 시계라서 말입니다. 아무래도 세금을 매기려고 하면 알아야 되지 않겠습니까?"

"그런 정보도 없는 겁니까?"

성훈은 살짝 의아한 마음이 들었다.

"최근에 IMF 때문에 단속이 심해져서, 고급 시계들이 잘 들어오지 않아서 데이터가 부족했습니다. 죄송합니다. 저희 불찰입니다."

성훈이 시계를 보여주며 물었다.

"이거 얼마 정도 하는 시계인데요?"

"네, 약 900만 원 정도 하는 시계인데, 세금은 쿠웨이트 대사관에서 지불했으니, 신경 쓰지 않아도 됩니다."

"정말입니까?"

성훈의 물음에 세관장이 고개를 끄덕였다.

"헉, 그래도 세금이 300 정도는 나왔겠네요?"

"네, 맞습니다."

"휴. 그럼……."

다행의 한숨을 내쉬며 감사 인사를 했다.

"감사히 잘 먹었습니다."

세관장이 성훈에게 물었다.

"혹시 신고하실 다른 물품은 없으십니까? 바로 여기서 처리해 드리겠습니다."

"네, 없습니다."

성훈의 가방에 남아 있는 것은 소피아와 자신의 스케치북, 그리고 먹다가 남은 라면 몇 봉지가 전부였다.

세관장이 말했다.

"다음에는 더 편하게 모시겠습니다. 자네가 나가는 곳까지 안내해 드리게. 또 들러주십시오."

성훈이 나가고 세관장은 자신만의 VIP 목록에 새로운 이름을 기재했다.

'김. 성. 훈.'

세관에도 VIP는 있는 모양이었다.

다음 날 아침. 학교로 향했다.

한 교수는 어디 갔는지 없고 한석이 반가이 맞아주었다.

"선배님, 성공하셨습까?"

"응? 뭐?"

"크흐흐. 아시면서 그러십다. 프랑스에서 백마랑…… 크헥."

따악.

인정사정없이 놈의 뒤통수를 날렸다.

'이게 아주 죽고 싶어서 환장을 했구나. 백마?'

내친 김에 허벅지에다가 로우킥 한 방을 더 날렸다.

"죽고 싶냐?"

'어디 지금, 아름다운 추억에 똥칠을.'

한석이 컥컥대며 말했다.

"아니, 벌써 그런 관계까지. 그럼 형수님이랑……."

'아. 정말 네놈 주둥이가 매를 버는구나.'

"너 오늘 완전히 승천시켜 주마."

눈에 쌍심지를 켜고 있는데, 한 교수가 들어왔다.

그사이, 한석은 도망쳐 버렸다.

"선배님, 바쁜 일이 있어서 먼저 감다. 글구 죄송함다."

한석의 뒷모습을 보며 한 교수가 말했다.

"쯧. 보자마자 얻어맞기도 쉽지 않는데 말이다."

"그러게요. 저놈 아직도 군대 안 갔습니까?"

"다다음주면 간단다."

"그런데 왜 방학인데도 학교 와서 설친답니까?"

"정신 차렸는지, 펑크 난 학점 때우겠다고 교양과목 듣고 있다."

"입방정은 여전하지만, 철은 들었네요."

"그래도 저놈. 너 보고 싶다고 많이 기다렸다."

"민수는요?"

"얘기 안 하디? 자기 할아버지 절 짓는데 따라가서 돕고 있지. 그놈도 바빠.”

민수 할아버지면 대목장 최기형 옹을 말하는 것이리라.

한 교수가 웃었다.

“나도 민수 덕분에 한번 뵙고 왔다. 하하.”

“무슨 수로요?”

“민수 내가 태워다 줬거든. 하하하. 그런데 성훈아.”

“네.”

“잘됐냐?”

“뭐가요?”

“그 아가씨랑.”

‘아! 맞다. 이 인간이 원흉이었지.’

로우킥을 날릴 수도 뒤통수도 날릴 수 없는 인간이었다.

“그런 거 아니거든요!”

“아니면 아니지. 분기탱천하지 마라.”

‘그건 또 언제 배웠대? 그래도 분기탱천까지는 아니잖아요.’

한 교수는 진짜 한국인이 되어가고 있었다.

“다른 일은 없었냐? 잘 갔다 왔고?”

“나중에 말씀드릴게요. 현재에서는 연락 온 거 없어요?”

“왜 안 묻나 했다. 곽 이사 전화오고 난리도 아니었다.”

“왜요?”

“일주일이면 온다고 했다면서, 그런데 이주가 넘게 지났
으니 찾는 게 당연하지!”

"구조대전 건 실시설계는 얼마나 진행됐대요?"

"그게…… 몰라."

"교수님이 왜 모르세요? 곽 이사가 보고 안 해요?"

"나 논문 때문에 바빠서 신경 쓸 여력이 없었다. 너 오면 이야기하라고 했지. 지금쯤 속이 바짝바짝 탈 거다."

맨날 논문. 내 이번에는 이 인간을 꼭 끌어들이고야 만다.

"논문은 좀 변화가 있으세요?"

"아. 그러고 보니, 넌 바로 쿠웨이트로 갔구나. 그날부터 며칠 동안 스승님 따라다니면서 많이 뜯어냈다."

저 말은 만족할 만한 변화를 꾀했다는 말이리라.

"잘하셨네요. 축하드립니다."

내 경험상, 공부에 왕도는 있다.

그건 스승이 가진 지식을 조금이라도 더 뜯어먹는 거다.

그런 부분에서는 한 교수는 배울 점이 많은 사람이었다.

'많이 뜯어 두시죠. 나중엔 나한테 뜯겨야 할 테니.'

한 교수의 배부른 투정이 이어졌다.

"그래. 아직은 좀 숙성이 덜 되었지만, 조만간 결과가 나올 거다. 그래서 내가 시간이 없다."

결국은 나더러 현재건설에 가라는 말이다.

'휴. 소피와 있던 시간이 꿈만 같구나!'

"그 여자 생각하냐?"

어째. 그런 건 또 귀신같이 알아채네.

"어떻게 아셨어요?"

"내가 널 일 년 동안 봐왔다. 모르겠냐?"

잠시 꿈같았던 시간은 내 기억 속에 묻어두기로 했다.

특히나 백마 타령을 하는 놈에게는 더더욱.

마음을 다잡았다.

한 교수가 고개를 갸웃하며 성훈에게 물었다.

"성훈아. 그 파텍 어디서 났냐?"

"좋죠? 압둘이 줬어요."

"호. 그래? 왕자는 스케일 자체가 다르네. 그걸 선물로 줬다고? 난 갖고 싶어도 매물이 없어서 못 샀는데."

"매물이요? 경매하세요? 그렇게 비싸지 않다던데."

"엥? 짜가냐? 진품으로 보이는데."

"설마 압둘이 짜가를 줬겠어요? 보실래요?"

한 교수는 성훈이 건네준 시계를 이리저리 훑어보았다.

아무리 봐도 진품이었다.

자신이 한동안 갖고 싶어서 브로커들을 닦달했던 모델이니 모를 리가 없었다.

'이놈, 바보 아니야? 압둘은 왜 그랬지? 너무 액수가 크면 안 받을까 봐 그랬을까? 관세 내준다고 했으면 낼름 받아 챙

겼을 놈인데. 뭐 이유가 있겠지.'

일단은 압둘의 장단에 맞추기로 했다.

굳이 말하지 않는 것을 자신이 나서서 말해 줄 이유야 있겠는가?

"이게 비싸지 않다고? 얼마 정도로 보는데."

"선물 받았으니까, 전 잘 모르죠. 세관장이 그러는데 900만 원 정도 한다던데요."

한 교수가 씨익 웃었다.

"그래? 내가 두 배, 아니, 세 배 줄게. 팔래?"

"됐거든요. 그래도 쿠웨이트 왕자가 준 건데."

"그럼 됐어. 잘 간직해라. 성훈아. 선물 받은 거는 함부로 팔거나 바꾸는 거 아니다."

"저도 압니다."

"그리고 씻는다고 함부로 풀어놓지도 말고."

한 번도 그렇게 생각해 본 적이 없었는데, 지금만큼은 성훈이 물가에 내놓은 아이처럼 걱정이 되는 한 교수였다.

'그래도 녀석이. 제 것을 빼앗길 멍청이는 아니지.'

성훈이 말했다.

"제가 앱니까? 걱정 안 하셔도 돼요. 이거 방수도 되고 착용감도 좋아요 찬 거 같지도 않으니 벗을 일이 없죠. 역시 비싼 건 다르네요."

한 교수가 한숨을 푹 쉬었다.

'헛똑똑이 저거 어떡하냐!'

"현재건설에는 언제 갈 거냐?"

"지금요. 차 가져갑니다. 쓰실 일 없죠?"

성훈이 한 교수 책상 위의 차 열쇠를 집어 들었다.

'곽 이사는 얼마나 진행을 해놓았을까?'

진행상황에 따라서 대응도 달라져야 한다.

잘 달리는 말에는 당근을, 고집부리는 말에는 채찍을.

저작권이라는 열쇠를 쥔 사람이 성훈이었다.

꿈은 끝났다. 이제는 현실에서 전투를 치러야 한다.

'잘 쉬었으니, 다시 달려야지!'


현재건설 본사 1층 안내판에는 11층이라고 적혀 있었다.

설계 2팀이 아예 한 층을 통째로 쓰고 있었다.

'확실히 1군 업체는 규모가 다르네.'

지난 삶에서 아파트에 납품하는 특판 가구 일을 할 때도 건설업체 본사를 방문할 일은 거의 없었다. 기껏해야 현장에서 만나는 사람들이 전부였다.

긴장할 법도 했지만, 이번에는 크게 긴장되지 않았다.

'입장이 다르잖아. 이번에는 내가 갑이라고.'

이리저리 흔들면 흔들리던 지난 삶과는 많이 다르다.

격세지감이랄까?

과거의 나는 항상 주눅이 들어 있었다. '들어주기 어려운 것을 요구하면 어떻게 요령 있게 거절을 해야 하나' 하는 매뉴얼을 만들 정도였다. 물론 그마저도 상대가 강하게 푸시를 하면 아무 소용이 없었지만 말이다.

띵.

11층에서 승강기 문이 열렸다.

문 앞에 바로 로비가 있고 승강기 바로 앞쪽에 여닫이로 된 유리문이 있었다.

창도 통유리로 되어 있어서 직원들의 부산한 모습이 보인다. 그럼에도 출입문에서 조금 떨어진 뒤쪽에는 천장까지 닿은 파티션이 있어서, 직원들에게 방문자들의 모습이 바로 보이지는 않도록 되어 있었다.

사람들의 출입에 신경이 쓰일 수가 있으니, 직원들의 작업 효율을 배려한 모습이었다.

'이제 한동안 여기서 지지고 볶고 해야 하는 건가?'

크게 숨을 들이쉬고 마음을 다잡았다.

'전심전력 무소불위(全心全力 無所不爲).'

하고자 심력을 다하면 못할 것이 없다.

기죽지 말자고 다짐하면서 한 발짝 앞으로 나아갔다.


툭.

"죄송…… 어머."

내가 다른 생각을 하던 사이에 옆 승강기가 올라왔던 모양이다. 서류를 한가득 들고 오던 여자와 부딪쳤다.

그녀가 말하는 사이에도 턱과 양손으로 받치고 있던 서류가 위태롭게 흔들거렸다.

여성 정장을 입고 있었는데, 머리에는 여러 색깔의 실 핀이 꽂혀 있는 모습이 뭔가 모르게 언밸런스했다.

원숙한 커리어우먼이라기보다는 이제 막 졸업한 신입의 모습으로 보였다. 하지만 감상하고 있을 시간은 없었다.

머뭇하다가는 로비 전체에 문서들이 깔려 버릴 테니.

내가 대기업 회장 아들이면 드라마틱한 전개였겠지만, 지금은 현실이었다.

그녀는 곧 사방으로 흩어질 서류들을 상상하며 망연자실한 표정이 되었다.

'이것 봐요. 아가씨! 아직 떨어진 것도 아닌데.'

다급히 그녀의 앞으로 넘어지는 서류들을 가슴으로 받으며 두 팔을 그녀의 손가락 아래로 집어넣었다. 그리고 흔들리는 서류들을 양팔로 고정시켰다.

'기가 막힌 타이밍이네.'

어쩜 그때는 번개같이 움직였던지.

그녀의 턱까지 차 있던 서류더미들이 차례대로 좌르륵 내 가슴께로 미끄러져 안착했다.

그녀는 멍하니 내 얼굴을 바라본다.

"사방팔방으로 흩어지길 바란 건 아니죠? 네?"

그녀의 얼굴을 보며 고개를 갸웃하며 웃었다.

"어머. 죄송해요."

정신을 차리고는 내 쪽으로 몸을 밀며 말을 이었다.

"제가 받을 테니, 이쪽으로 넘기세요."

'어라. 흥미로운 친구일세.'

뭐랄까.

요전 여행부터 느낀 거지만, 지금의 나는 지난 삶의 김성훈과는 많이 달랐다. 지금 나이 대를 비교한다면 말이다.

그때의 나는 한석과 비슷한 부류의 남자였다.

한없이 가볍고 여자를 밝히는 그런 젊은 남자.

소피아를 만나면서 느낀 거지만, 지금은 그렇지 않다.

물론 욕망이 없다는 것은 아니다. 여자를 만나면 흥분하는 것은 마찬가지지만, 적어도 모든 여자를 그렇게 보지는 않는다는 것이다.

소피아만 해도, 그녀를 바라보며 음심을 떠올린 것이 아니라, 아름다운 작품 혹은 지켜줘야 할 여동생 정도로 봐왔던 것 같다.

지금 이 여자를 보는 것도 딱 그랬다.

'막둥이 여동생을 보는 느낌이랄까.'

연년생이라면 죽어라고 싸우겠지만, 나처럼 정신적으로 나이 차이가 나서야 귀엽기만 했다. 지금 내 정신연령은 44세를 막 넘어서고 있다.

'이러다가 내 나이 또래랑은 연애 한 번 못 해보는 거 아니야!'

물론 실제 나이로는 별 차이가 나지 않을 것이다.

이제 수습사원으로 들어왔다면 내 앞의 여자는 한국 나이로 23 혹은 24이겠지.

어깨까지 올 법한 단발머리를 질끈 묶은 160 정도의 여자였다. 뽀얀 피부에 외까풀의 웃는 모습이 귀여웠다.

그럼에도 자기 일에 책임감을 가진다는 것은 굉장히 바람직하지 않은가?

미모만을 믿고 민폐를 끼치는 여자들에 비하면 말이다.

기특해 보였다.

'가다가 또 흘릴 것 같은데, 내가 불안해서 못 주겠네요.'

피식 웃으며 말했다.

"괜찮습니다. 이왕 제 쪽으로 넘어온 김에 들어다 드릴게요. 멍하니 있던 제 잘못도 있어요."

"미안해서 어떡해요?"

"앞장서세요. 전 방향을 모르니."

그녀가 인사를 하고는 손짓으로 방향을 가리켰다.

"고맙습니다. 그런데 못 봤던 분 같은데, 누굴 찾아오신 건가요?"

"네, 설계 2팀을 찾아왔습니다. 곽 이사님께서 그 팀에서 '구조설계 건'을 진행한다고 하시더라고요."

"저도 설계 2팀인데, 구조설계 건요?"

"네, 경남구조대전에 출품했었던⋯⋯."

"아! '밀레니엄 스타타워' 말씀하시는 거구나."

'햐. 이름 한번 거창하게 지었네.'

이 당시 서기 2000년, 새로운 세기를 맞이하면서 별의별 유행어가 많이 나왔었지만, 가장 기억나는 건 아무래도 밀레니엄과 Y2K가 아닐까 싶다.

내가 알던 그때와 지금은 아직은 변한 것이 별로 없었다.

걸어가며 물었다.

"실시설계는 어느 정도 진행이 되었나요?"

요약된 곽 이사의 설명을 듣는 것보다는, 아무래도 실무자의 입에서 나오는 것이 더 현장감이 있을 것이다.

"저, 아직 들어온 지 사흘밖에 안 돼서 잘 몰라요."

"아는 대로만 말해봐요."

갑작스레 도움이 된 나에게 그녀는 호감이 있었던 모양이다. 내가 그 건의 관계자인 것도 경계를 푸는 데 한몫을 했겠지만 말이다.

내게만 들리는 목소리로 말했다.

어차피 주변에 떠드는 사람이 많아서 들리지도 않을 테지만.

"아무한테도 말하시면 안 돼요. 알았죠?"

배에서 나오는 웃음을 참으며 고개를 끄덕였다.

"곽 이사님께서 부장님을 미친 듯이 쪼아대신데요. 그래서 진척은 좀 되고 있는데, 그걸 현장 쪽에서는 받아들이기가 어려운가 봐요."

왜 현장에서는 받아들이기 어려운 걸까?

이유는 간단하다.

"처음 보는 공법을 쓰게 되면 직공들이 적응하기까지 시간이 걸리니까, 공사가 지연이 되겠죠. 교육도 뒤따라야 하구요."

그녀가 눈을 동그랗게 뜨며 맞장구쳤다.

"어머. 제 또래로 보이시는데, 현장을 잘 아시네요. 최 이 사님이 부장님께 하던 말씀을 그대로 하시네요. 표현은 좀 거칠었지만요."

표현 방법만 다를 뿐, 주된 골자는 별로 다르지 않을 터였다.

현장의 공기(工期:공사기간)가 정해지면 그들은 그것을 좀 더 줄이는 데 전력투구해야 하는데, 다른 일이 생기는 것을 좋아할 리가 없다. 현장의 입장에서 볼 때, 공기를 지연시키는 모든 것은 쓸모없는 것으로 분류된다.

모든 것은 실적으로 평가되고 그 실적 중 가장 높은 비중을 차지하는 것이 공기이기 때문이다.

얼마나 꼼꼼하게 공사를 진행했으며 그 과정에서 비용을 얼마만큼 절감했느냐 하는 것도 중요하지만, 그것들의 비중은 공기단축만 못하다.


"현장을 담당하실 책임자는 누구신가요?"

"아직 딱히 정해진 것은 없는 것 같은데, 대표로 난리치시는 분이 최 이사님이시니, 그분이 아니실까요? 현장 쪽은 그분이 꽉 쥐고 계신 것 같았어요."

그때 나와 저작권으로 싸운 그 최 이사를 말하는 건가?

"혹시 키 작고 땅땅하게 생기신 그분요?"

"아시네요. 네. 그분요."

"흠. 한 팀에서 맡아서 진행하는 거 아닌가요?"

"저도 수습사원이라 정확한 건 몰라요. 대략 수주를 해온 이사님을 중심으로 일이 진행되기는 하는데. 결국 일의 분배를 결정하시는 건 사장님이시니까요."

사흘밖에 안 되었다는데, 제법 알고 있는 것이 많았다.

정보의 정확도 여부를 떠나서, 이 정도 흐름을 알고 있다는 것은 일에 관심이 있고 항상 귀를 열고 있다는 말과 뭐가 다른가?

'제대로 잘만 크면 쓸 만한 재목이 되겠네.'

나도 현재건설의 시스템은 잘 모른다. 이제부터 알아가야 할 것이다.

그녀에게 흥미가 생기는 것은 어쩔 수가 없었다. 애당초 남자들만 득실거리는 건설에 여자가 있다는 것 자체가 흥밋거리였다.

그녀에게서 좀 더 이야기를 듣고 싶었지만, 서류들의 목적지에 도착하고 말았다.

그녀보다 상사로 보이는 사람이 모니터에 눈을 박고 도면을 변경하고 있었다.

"노 과장님. 가져왔어요."

그제서야 인기척을 느낀 과장이 그녀를 돌아보았다.

그리고 내가 옆에 서 있는 것을 보고는 그녀를 나지막한 목소리로 혼냈다.

"한혜주 씨. 밀레니엄 프로젝트, 극비란 거 몰라?"

극비라고까지 할 것이 있나?

하지만 과장은 입장이 다른 모양이었다.

혜주는 어찌할 바를 몰랐다.

"그게……."

수습들은 원래 고참 앞에 서면 반사적으로 주눅이 든다.

거침없이 할 말을 하는 사람도 있지만, 젊음의 특성상 브레이크를 잡을 줄 모르기에 싸가지 없다는 말을 듣는다.

과장에게 말했다.

"저에게는 비밀로 하실 필요가 없을 것 같습니다."

그는 의자에 앉아서 나를 위아래로 훑어봤다.

그의 눈은 '왜? 넌 특별하냐?'냐고 묻고 있었다.

처음 보는 사람이라 예의를 지킬 뿐이었다.

"경남구조대전 대상작 원설계자입니다."

과장이 자리에서 벌떡 일어섰다.

"아! 그러셨습니까? 오늘 오신다는 말씀은 들었습니다. 이번에 새로운 공법이 적용될 것 같은데, 외부로 새어 나가면 곤란하기 때문에 부서 전체가 좀 민감합니다. 이해해 주십시오."

"그런 사정이라면야. 참. 곽 이사님을 만나 뵙기로 했는데."

"곽 이사님과 저희 부장님은 회의에 들어가셔서 좀 있다가 오실 겁니다. 잠시 앉아 계시죠. 노진광 과장입니다."

자리를 권하고는 그는 냉장고로 향했다.

"혜주 씨는 저 파일들 복사하고."

과장이 아침햇살 2병을 가지고 왔고 나는 그에게 진척 상황을 다시 물었다.

혜주에게 설명을 들었지만, 이미 주눅이 든 것 같은데 입싸다고 다시 한 번 그녀에게 혼날 거리를 제공할 필요는 없었다. 아까도 당황해서 눈물을 쏟을 것 같았는데.

과장이 하는 말은 혜주의 말과 거의 비슷했다.


곽 이사는 악수를 하면서, 사람들에게 소개했다.

"아이고 성훈 군. 얼마나 내가 자네를 기다렸는지 아나?"

그의 친근한 행동에 사람들의 표정이 벙쪘다.

"소개하지. 지금 진행 중인 '밀레니엄 스타타워'의 원설계자 중의 한 사람이라네."

곽 이사는 황당한 사람들의 표정에도 아랑곳하지 않았다.

"박 부장!"

"네, 이사님."

"앞으로 모든 구조 안건에 관해서는 여기, 성훈 군과 상의해."

"네? 이사님. 어린 친구지 않습니까? 그렇게 간단한…….'

곽 이사가 피식 웃었다.

"그렇게 해."

내 쪽을 보고 있지 않아서 표정은 알 수 없지만, 묵은 변을 내보낸 듯한 상쾌한 목소리였다.

"이사님……."

"그렇게 알고 작업 시작해. 박 부장. 자넨 따라오고."

박 부장이 곽 이사 뒤를 서둘러 따라갔다.

노 과장이 말했다.

"일단 성훈 씨는 좀 쉬고 계세요. 부장님 나오시면 따로 회의를 좀 해야 할 것 같습니다."

아직도 나는 외부인이었다.

"전무님께 보고하러 가야 하니 짧게 얘기해."

"이사님, 최 이사님 닦달을 저보고 어떻게 감당하라고."

"이 멍충아. 원설계자 왔잖아. 그쪽으로 토스해."

"그게 그렇게 쉬운 일입니까? 설계가 바뀌기라도 하면 지금까지 한 거 몽땅!"

"자넨 저 친구가 어려 보여서 걱정하는 거지?"

박 부장이 고개를 끄덕였다.

"당연하지 않습니까! 지금까지 진행해 본 바로는, 상당히 실용가능성이 있는 구조공법이라 생각됩니다. 물론 좀 더 연구와 실용화가 필요합니다만."

그동안 최 이사에 의해서 무산된 것이 얼마나 많았던가?

곽 이사가 서류철을 들며 물었다.

"최 이사 그 인간, 출장 갔다가 언제 온다고 했지?"

"내일 나온다고 들었습니다."

박 부장의 대답에 곽 이사의 광대가 슬며시 올라갔다.

"그래?"

"이사님, 그렇게 웃으실 일이 아니란 것 알고 계시잖습니까?"

하지만 곽 이사는 떠오른 미소를 지우지 않았다.

'안 겪어본 놈은 절대 모르지. 저놈이 어떤 놈인지!'

오히려 박 부장을 타박했다.

"자넨 해보지도 않고 그렇게 겁을 내나!"

'자기도 최 이사 오면 피하기 바쁘면서!'

상사의 흠을 솔직히 말하는 것은 자신의 명을 줄이는 것이라 박 부장은 신음성을 흘리며 참았다.

"끙."

"박 부장. 저 친구 액면 그대로 보지 말게."

"그게 무슨 말이십니까?"

"겪어보면 금방 알게 될 거야. 걱정하지 말고 넘겨."

곽 이사는 박 부장의 등을 떠밀며 방을 나갔다.

37장
실시 설계(2)

　살다 보면 관심받지 않는 것이 얼마나 편한지 알게 될 때가 있다. 딱 지금의 나처럼 말이다.

　당연한 말이지만 100명이 넘을 것 같은 설계 2팀이 모두 '스타타워'에 매달리는 것은 아니었다.

　아무도 내게 관심을 주지 않는 사이에 나는 다른 사람들을 관찰할 수 있었다.

　'사람을 구해야 해. 쓸 만한 사람을.'

　이곳은 적진의 한복판이었고 나는 혼자였다.

　아무리 마스터키를 쥐고 있는 갑이면 뭐하나, 물량에는 장사가 없는 법이다.

　'일전에 만난 최 이사라는 사람도 만만치 않아 보였는데.'

당시에는 내 안마당이었지만, 이곳은 그의 안마당이었다.

매번 찾아와서 시비를 건다는 것을 봤을 때, 그는 현장 상황에 능통한 사람이며 '스타타워'의 시공을 노리고 있다는 말이었다.

'관심도 없는데, 와서 딴지를 걸 리가 없지.'

잠시 만난 최 이사라는 사람은 순수한 정면 돌파로 이겨낼 수 있는 존재가 아니었다. 그를 맞이할 준비가 필요했다.


아까 곽 이사를 따라 들어간 박 부장을 비롯하여, 내 앞에 있는 노 과장을 포함한 대략 10명 정도의 사람들, 즉 이 파티션 안에 있는 사람들이 내 '스타타워'에 할당된 인원이었다.

모든 사람과 친해지면 좋겠지만, 그러기에는 시간이 너무 부족했다. 일단 몇 명을 선별하기로 했다.

'방금 봐서 알 수는 없지만 노 과장의 행동으로 봤을 때는 실력이 있거나 믿을 수 있는 사람이야.'

대기업의 부장 직함은 아무나 달 수 있는 것이 아니다. 백전노장이라는 말과 일맥상통한다. 그리고 부하 직원에게 인망이 있다는 것만으로도 그의 능력을 알 수 있다.

노 과장은 다른 직원들에게 이리저리 일거리를 분배하고 있었다.

'이 사람은 제법 일머리를 알고 있어.'

나머지는 노 과장의 지시에 따라 움직이는 사람들이었다.

굳이 그들 외에 눈에 띄는 사람을 꼽자면 100명 중의 홍일점인 한혜주 정도였다.

아까의 꾸중은 극복을 한 것인지 선배들의 이야기를 들으며 귀를 쫑긋하고 있었다. 복사기를 돌리면서도 말이다.

'저러기도 쉽지 않은데.'

슬그머니 일어나 중앙 복도에서 어슬렁거리며 다른 부서들을 훔쳐보았다. 다행히 아무도 내게 관심을 주는 사람은 없었다.

열정적으로 수화기를 들고 통화하는 사람, 뭔가 일방적인 요구를 하고 있다. 갑질을 하는 것 같다.

"과장님, 이 단가로 안 돼요. 더 낮춰서 다시 보내세요."

팩스로 온 종이를 흔들면서 항의를 하고 있다.

'저 단가 픽스 안 시키면 오늘 깨지겠네.'

수화기를 놓으면 한숨을 푹 쉰다.

대기업 직원들의 갑질은 자기가 하고 싶어서 하는 경우는 거의 없다. 접대나 떡값 말고는 대부분 상사의 지시에 의한 경우이다. 욕먹고 싶은 사람이 어디 있겠나? 그들도 불쌍한 사람들이다.

멍하니 모니터를 보고 있는 사람도 있다.

'이별 통보라도 받은 모양이지.'

개중에는 진지하게 모니터를 보는 사람도 있었다. 영어로 된 바탕에 구조도가 그려져 있고 실제 사진이 보인다. 그 와중에도 공부를 하는 모양이다.

그 외에도 많은 사람이 눈에 띄었다.

'봐두기만 하자. 나중에 충원할 때, 저 사람들을 우선으로 뽑아달라고 해야지.'

회사는 전쟁터의 축소판이다. 죽거나 살아남거나.

별의별 사람이 다 있다. 쓸 만한 사람들도 있고 큰 도움 안 되는 사람도 있다. 또한 각자의 사정이 있다.

'그 각자의 사정을 알게 되면 이해를 할 수밖에 없기에, 오 너들은 그것을 알고 싶어 하지 않는 것이 아닐까?'

만남이 있으면 헤어짐이 있는 법, 영원한 이별은 있어도, 영원한 만남은 없다.

숫자로만 사람을 판단하는 것은 마음이 아프지만, 누군가 는 해야만 하는 일이었다.

파티션 사이를 걷는 동안, 별의별 생각이 다 들었다.

🌀

"성훈 군, 우리끼리 잠깐 회의를 좀 해야겠군. 이해해 주 게나."

부하들을 불러 회의실로 밀어 넣으며 박 부장이 한 말이 었다.

그리고 혜주를 불렀다.

"혜주 씨도 복사 다 하면 들어와."

"네! 부장님."

잠시 후 그녀는 작업이 끝난 복사물들을 노 과장의 책상에 얹어 놓았다.

회의실로 들어가기 전, 그녀는 크게 심호흡을 했다.

청춘은, 그리고 수습사원은 극복해야 할 것이 많다. 그중에서도 수위에 꼽으라고 하면 꾸지람에 대한 공포일 것이다.

'그래도 스스로 잘 극복하네. 대단해.'

옆에서 보고 있는 내가 짠해졌다.

도산 소장이 말했었다.

"네 주변에 있는 사람들, 다 너보다 뛰어난 사람으로 생각해라."

그런 충고가 필요 없을 정도로, 여기 있는 사람들은 다 나보다 스펙이 좋은 사람들이었다.

알아주는 명문대를 나왔고 학점이 좋았던 사람들.

현재건설은 어설픈 대학으로는 명함도 내밀기 힘든 곳이었다.

'여기는 보고(寶庫)다. 인재의 보고.'

우리나라 굴지의 대기업 현재건설에 들어와서 살아남은 사람들이 여기에 다 모여 있었다.

'명문대를 나왔다고 하면 일단은 성실하지.'

명문대를 나오지 못한 나조차도 그렇게 생각한다. 다른 사람은 성실하지 못하다고 확신하느냐는 질문에는 딱히 할 말이 없다.

그저 결과가 그것을 말해준다고 변명할 수밖에.

부모 말 잘 듣고 열심히 공부해야 명문대를 갈 수 있다. 실제로 현실이 그랬다.

그렇게 말 잘 듣는 사람이 돈 준다고 하는데 말을 안 들을까? 물론 반골기질이 있는 천재가 있다지만, 그건 어디까지나 미비한 확률이다.

'이런 생각을 하는 걸 보면 나도 확실히 나이를 먹었어.'

여기 있는 인재들 몇 명만 데리고 있어도, 중소기업 하나 먹여 살리는 건 문제가 안 될지도 모른다.

명문대 나와서 대기업에 들어왔다고 끝나는 것이 아니다. 거칠고 거친 남자들의 틈새에서 살아남아야 한다.

다른 곳은 안 가봐서 모르겠지만, 내가 체험한 건설계통은 군대 저리가라 할 정도로 군기가 강하다.

'졸라 빡세지!'

정말 정신력이 강하거나, 깡이 좋지 않은 한은 거의 버텨내기 어려울 정도다.

코피 터져 가며 공부하는 정신력은 되어야 버틸 수 있다. 그건 어느 계통이나 마찬가지겠지만, 건설계통도 무시할 수 없다.

대부분의 현장 기사들은 영하의 추위에도, 폭염의 더위에도, 심지어 장마가 몰아쳐도 기둥뿌리가 뽑힐 정도가 아니라면 작업을 진행한다.

어떻게 가능하냐고?

장마가 오기 전에 일할 거리를 만들어 둔다.

창호를 다 설치하고 틈새 벌어진 곳은 미장질하고 다음 공정이 진행되도록 단속을 해둔다.

그렇게 공기를 맞추지 못하는 현장기사는 자격이 없다고 판단된다. 회사에 손실을 어마어마하게 입히는 암적인 존재이기 때문이다.

창호 공사가 하루만 늦어서 장맛비가 실내에 들이치면 장마가 끝날 때까지 아무 일도 못 하고 쉬어야 한다. 물론 욕은 죽도록 먹을 것이다.

그 전날 술을 새벽 3시까지 마셔도, 밤새 야근을 했어도 그들은 새벽 5시가 되면 눈을 떠야 한다.

아침 점호에 나가서 작업자들을 확인해야 하기 때문이다.

어제의 과음으로 상태가 안 좋은 사람은 없는지, 몸이 아픈 사람은 없는지.

인도주의적 차원에서 그들을 선별하는 걸로 생각한다면 아주 큰 착각이다.

현장에서 물건이 파손되는 것은 그러려니 한다. 돈으로 대체가 되기 때문이다.

혹시나 아픈 사람이 안 아픈 척 일을 하다가, 공사 중에 발이라도 헛디디면 사고로 이어진다.

보상의 문제가 생기고 담당자의 과실로 이어진다.

운이 안 좋아서 작업자가 사망하기라도 하면 현장을 보존해야 한다. 결국 일을 못 한다. 회사는 손해를 본다.

철저하게 자본주의 논리지만, 그 논리가 사람의 안전과도 연결된다.

자기 자신은 아파도 못 쉬지만, 다른 사람들은 쉬게 하는, 그런 투철한 책임감을 가진 사람이 현장기사들이다.

"전무님, 드디어 왔습니다."

"수고했어. 곽 이사. 이제 좀 편해지겠네."

"말도 마십시오. 최 이사 때문에 죽는 줄 알았습니다."

"그 사람도 어쩔 수 없을 거야. 서 전무가 없으니, 어떻게라도 혼자 살아남아야겠지."

"요즘 들어 더 나대는 것 같아서 꼴 보기 싫어 죽겠습니다."

"내일 온다고 했나?"

"네, 흐흐흐. 미친개한테는 몽둥이가 약이지요."

자신이 당했을 때는 죽을 맛이었지만, 이제는 남의 일이다. 강 건너 불구경하는 심정이 되니 곽 이사는 웃음이 절로 나왔다.

"그런데, 자네 말대로 될까?"

"될 겁니다. 보통이 넘습니다. 우리는 싸움 붙여놓고 구경만 하면 됩니다."

그는 쿠웨이트에서 한국으로 도착하자마자 황 전무에게 보고를 했다.

물론 무릎 꿇고 빌었다는 것과 왕 회장 빗줄로 보인다는 자신의 추측은 빼고 말이다.

전자는 부끄러웠고 후자는 자기만 잘 보이면 된다는 심보 때문이었다.

'굳이 심복이 둘이나 될 필요가 있을까? 나중에 왜 말 안 했냐고 하면 추측일 뿐이었다고 둘러대면 되지.'

성훈이 직접 말하는 경우는 없을 것이라 확신했다.

비밀은 아는 사람이 적을수록 가치가 있는 법이다.

노 과장이 분통을 터뜨렸다.

"부장님. 이게 말이 됩니까? 저런 새파란 친구랑 무슨 의논을 합니까?"

"어떡하냐. 원설계자인데."

"곽 이사님이 적어도 중간에 조율을 해주거나, 그 교수라는 사람을 데려와야 되는 거 아닙니까?"

"그럼 노 과장, 네가 직접 가서 말하든가!"

"곽 이사, 완전 미친 거 아닙니까! 아무리 최 이사랑 부딪치는 게 싫어도 그렇지."

박 부장이 무슨 말을 할 수 있을까?

그럴수록 노 과장은 더 화가 나는 모양이다.

"아오, 씨발! 곽 이사 아까 표정 보셨죠? 아주 큰 똥 치운 것처럼 속 시원해하던데."

"노 과장, 말 좀 가려서 해라. 아가씨도 있는데."

박 부장은 노 과장을 진정시키며 말을 이었다.

"혜주 씨는 방금 한 말, 못 들은 걸로 해줘. 그리고 자네들도 여기서 들은 말 밖으로 새어 나가면 안 되는 거 알지!"

"네!"

이구동성으로 대답하는 부하들이었다.

하루 이틀 있는 일은 아닌 것 같았다.

"후."

한숨을 푹 쉬며 박 부장이 말을 이었다.

"일단 명령이 하달되었으니, 지켜보자. 과연 들을 가치가 있는 명령이었는지, 아닌지. 그 뒤에 판단해도 안 늦다."

"당장 내일 아침에 최 이사가 이빨 들이밀 텐데, 그런 말씀이 나오십니까?"

"야 인마!"

결국은 박 부장의 입에서 험한 말이 나왔다.

"물려도 내가 물리는데, 왜 니가 나서서 지랄이야! 지랄이. 난 뭐 좋아서 이러는 줄 아냐? 곽 이사 성격 몰라?"

"그래도 부장님."

"으이구, 인간아. 나이를 먹었으면 철 좀 들어라. 여기가 현장이냐? 아직도 그 버릇 못 고친 거냐? 응?"

노 과장이 고개를 푹 숙였다.

"아까 이야기 나누는 것 같더니. 어떤 친구야."

"현장경험은 좀 있는 것 같은데, 어린 친구가 알아봐야 얼마나 알겠어요."

박 부장이 한숨 쉬었다.

당장 내일 최 이사가 들이닥칠 텐데, 적당한 해결책이 없기 때문이다.

방패막이가 되어야 할 곽 이사는 원설계자 왔다고 발뺌을 하질 않나. 정작 원설계자는 너무 경험이 없어 보이니, 내일 희생양은 자신이 될 것이 뻔했다.

"다른 사람은? 저 친구랑 이야기해 본 사람 없어?"

혜주가 말했다.

"저…… 아까 올 때 잠깐 이야기했었는데요."

"응. 그런데?"

"현장을 잘 아는 분위기이던데요?"

그 말을 하는 한혜주 자체가 현장을 안 겪어 봤으니, 그 말에 얼마나 신뢰가 가겠는가?

"무슨 이야기를 했는지, 자세히 말해보게."

노 과장의 급한 성격이 또 나왔다.

"한혜주 씨. 그걸 미주알고주알 다 말한 거야? 내가 그만큼 극비라고 했는데."

"하지만 과장님. 그 건으로 왔다고 했어요."

"선임자한테 물어보지도 않고."

혜주의 눈동자가 붉어졌다.

마음을 다잡았다고 생각했지만, 노 과장의 윽박이 만만치 않았다.

억울하기도 하고 매번 자신을 몰아붙이는 노 과장이 원망스러웠다.

'부장님이 말하래서 말한 것뿐인데.'

결국은 자신의 잘못된 점만 드러난 꼴이 되었다.

박 부장이 노 과장의 말을 잘랐다.

"자넨 그 성격부터 좀 고쳐."

"하지만 부장님."

"너 때문에 반년을 버티는 놈들이 없어. 너부터 죽고 싶어!"

장혜주가 이 부서로 배정을 받은 것도 결국은 노 과장의 닦달에 걸핏하면 결원이 생겼기 때문이었다.

"노 과장, 너 데리고 있다가 내가 늙는다. 늙어."

한혜주가 벌떡 일어섰다.

모두의 시선이 혜주에게 쏠렸다.

"부장님, 저 화장실 좀 다녀오겠습니다."

박 부장이 손을 내저었다.

"그래. 얼른 나가 봐."

혜주가 나가자마자, 박 부장이 과장에게 고함을 버럭 질렀다.

"너 이 자식. 내가 애 울리지 말랬지. 이리 와!"

"부장님. 애들도 있는데."

박 부장이 어이가 없다는 듯이 웃었다.

"야 새끼야. 애들 앞에서 맞는 게 처음도 아니고. 너, 나하고 내외하냐? 애들 내보내고 죽을래? 한 대 맞고 말래."

노 과장이 박 부장을 향해 슬금슬금 다가갔다.

그리고 그는 좌중을 향해 말했다.

"눈 감아. 자식들아."

빡.

"으극!"

노 과장이 정강이를 쥐고 팔짝팔짝 뛰었다.

"눈 안 감아? 이 자식들아."

"노 과장 너. 혜주 돌아오면 사과해라. 안 그럼 내 손에 죽는다."

노 과장이 자리에 앉자 박 부장이 말을 이었다.

"어떻게 생각하냐? 저 친구. 승산이 있어 보이냐?"

"혜주 말을 들어보면 뭔가 있기는 한데, 일단 말을 섞어 보면 알겠죠."

박 부장이 회의를 마쳤다.

"나머진 나가고 성훈이란 친구 안으로 들어오라고 해."

현장이나 사무실이나 현장 사람들은 다 거기서 거기다.

건설이라는 곳 자체가 현장을 모르면 이야기가 안 통하고 그러기에 다 한 번씩은 현장을 거치고 오기 때문이리라.

왜 이렇게 폭력적이냐고?

1990년대의 건설업체들은 거의 대부분 그랬다. 그리고 그 관행은 꽤 오랫동안 계속된다.


혜주가 회의실에서 뛰쳐나오는 것이 보였다.

'에구, 쯧쯧.'

남자도 어지간해서는 버티기 어려운 곳이 건설이다.

나름대로는 여성이라고 많이 배려하는 것처럼 보였는데, 아직도 건설은 남성적인 분위기가 많았다.

아까 혜주의 분위기에서 수습이 남자였다면 노 과장은 쪼 인트를 까거나 한바탕 욕을 퍼부었을 것이다.

'나한테도 처음 보는 사람이라 참는 것 같던데.'

현장이 체질인 사람 같은데, 왜 여기 와 있는 건지 의문이 들 정도였다. 대신 부하들에 대한 통솔력은 확실히 있는 것 으로 보였다.

'울고 싶을 때는 놔두는 게 상책이지.'

달래는 것도 타이밍이 있다. 특히나 여성의 경우에는.

잠시 후, 회의실에서 사람들이 우르르 나왔다.

그중 하나가 말했다.

"잠시 들어오셨으면 하던데요. 성훈 씨."

자리에서 일어났다.


박 부장에게 대놓고 물었다.

일단은 파악하는 게 우선이었다.

"최 이사님은 어떤 분입니까?"

"흠. 혜주 씨 말을 들어보니 아는 것 같던데."

"그때 계약하러 오셨을 때, 겨우 5분 봤습니다."

그에게 최 이사와의 첫 만남을 이야기해 주었다.

"그래, 성훈 군. 자네가 보기엔 어떤 것 같던가?"

박 부장도 나이가 꽤 있으니, 말을 놓는 게 자연스러웠다.

"성격이 좀 괄괄하시더군요."

"뭐. 솔직히 말하면 성질이 좀 더럽지."

그 말에는 나도 노 과장도 동시에 고개를 끄덕였다.

박 부장이 말을 이었다.

"그래도 의리는 확실해. 제 새끼 챙기는 건 확실하니까."

노 과장도 설명을 덧붙였다.

"그분이 추진력 하나는 남다르지. 그렇죠. 부장님?"

"그렇긴 해. 거의 다 죽어가다가 판을 뒤엎은 게 한두 번이 아니니까. 그건 인정해 줘야지."

'만만치 않은 단점 뒤에 그걸 커버할 만한 더 큰 장점이 있다는 말이군.'

내가 생각하기에나 단점이지, 정작 최 이사 자신은 강점이라고 생각할 것이다.

박 부장에게 물었다.

"곽 이사님은 뭐라고 평하실까요?"

그가 웃었다.

"아마도…… 개새끼라고 하시겠지."

"아니죠. 부장님. 미친 개새끼겠죠. 어지간히 데였어야죠."

인사가 만사다.

모든 일은 사람이 한다는 말이다.

장사도 사람을 설득하는 것이고 외교도 결국은 사람을 설득하는 것이다.

이번에는 된통 걸렸다.

'미친개를 어떻게 설득하지.'

잠시 동안 최 이사에 대해 의견을 나누었다.


박 부장이 물었다.

"성훈 군, 현장경험이 얼마나 있나?"

"아직은 별로 없습니다. 현재 중공업 외국인 기숙사가 다죠."

"엇. 그 사람이 자네였나?"

박 부장의 말에 내가 반문했다.

"그 사람이라뇨?"

"거기 내장공사가 칼같이 되어 있더구만. 나도 억지로 따라가서 봤지만, 배우는 것이 많았어."

노 과장은 내용을 모르니 슬그머니 박 부장에게 물었다.

"부장님, 무슨 말씀이신지?"

"저번에 사장님이 노발대발하시면서 임원급 몽땅 울산으로 내려 보낸 적 있었잖아. 거기 나도 곽 이사님이랑 같이 갔었거든."

그러고는 박 부장이 말을 이었다.

"김성훈, 이 친구가 현장은 너보다 잘할 거다."

"에이, 부장님도 무슨 농담을. 제가 경력이 얼만데."

박 부장이 그런 노 과장을 비웃었다.

"직접 가서 보면 경력 같은 소리 안 나와. 부끄러워서 죽고 싶을걸."

믿을 수 없다는 듯이 노 과장이 도끼눈을 뜨고 나를 노려본다.

"어쨌거나 현장경험은 확실한 친구니까, 믿을 만해."


자꾸 이야기가 딴 곳으로 새는 것 같아서 본론으로 돌아왔다.

사실 내 칭찬을 하는데 듣고 있기도 민망했다.

"부장님, 실시설계는 얼마나 진행이 되었습니까?"

"사실은 별로 진행을 못 했다네. 매번 최 이사가 와서 브레이크를 거는데, 어쩔 수가 없었다네."

박 부장이 쓴웃음을 지었다.

"다른 프로젝트도 이랬나요?"

그는 고개를 끄덕였다.

"그럼 하다가 무산된 프로젝트도 많겠네요."

"훗. '거의 다'라고 봐도 된다네."

정말 그런 거라면 구조설계팀이 왜 필요한가?

그냥 제멋대로 도장 하나 찍어서 승인하면 될 것이지.

그가 겸연쩍게 말을 이었다.

"그래도 '스타타워'는 저작권이 우리 현재건설한테 없지 않나. 그래서 최대한 버티면서 필요한 도면을 만들어낸 거지. 그나마도 모두 박살 나버렸지만."

"그동안 계속 이랬다면 만들어둔 실패작들 많으셨겠네요?"

노 과장은 정말 속이 쓰린 듯 인상을 찌푸렸다.

"성훈 씨. 무산된 완성작이라고 불러줬으면 좋겠어."

"맞아. 지금 우리 캐비닛에 강제로 잠들 수밖에 없었던 수백 개의 공법들이 있다네."

"전부 최 이사에게 당한 거군요."

박 부장이 고개를 끄덕였다.

"최 이사는 진짜로 신공법을 싫어한다네. 변화 자체를 싫어해."

"성훈 씨, 그 인간 머릿속에는 공기 단축밖에 없다고 봐도 돼."

최 이사를 비난하는 둘의 말에 피식 웃음이 나왔다.

'이 사람들도 이빨을 갈고 있었네.'

"그럼 제 공법도 작살을 내려고 하겠군요."

"두말하면 잔소리지. 지금까지는 자네처럼 저작권을 고수한 전례가 거의 없다시피 하지. 그리고 공기 단축이 얼마나 중요한지는 자네도 알 테지."

적의 적은 동지라고 했다.

이 순간 우리는 진한 동질감을 느꼈다.

"한 번이라도 좋으니, 최 이사를 이겨봤으면 하네."

"그런 이야기를 저에게 하시는 것은."

"성훈 군, 우리는 뭔가 얘기가 통하는 것 같네. 일전에 한 번 최 이사를 꺾은 적이 있다지?"

꺾었다고까지 그렇게 거창하게 말할 정도는 아닌데.

"어쨌든, 최 이사는 분명히 이빨을 갈고 있을 거라네."

"일단 그동안의 공법을 모두 꺼내서 보여주시죠. 일단은 시간을 벌 방패막이가 필요합니다. 그중에서 대체 가능한 것도 찾아보고요."

이유가 어찌 되었든 아무것도 하지 않았다는 것은 박 부장 같은 전문가에게 최고의 모욕이 될 터.

"박 부장님, 일단 처음이니까, 방어적으로 가면서 최 이사를 탐색해 보겠습니다."

"일리 있는 말이군. 간만 보자는 말이지?"

나의 고개 끄덕임에 박 부장은 의욕이 솟은 듯했다.

"알겠네. 한번 해보세. 미친개를 한번 꺾어 보자고."

우리는 의기투합을 하며 밖으로 나갔다.

박 부장이 말했다.

"자, 오늘 새로운 사람도 왔으니 회식이다."

회식을 끝내고 박 부장이 말했다.

"자, 그럼 혜주 씨는 먼저 가요."

혜주가 물었다.

"부장님은요?"

"우리도 조금만 더 하고 갈 거야. 먼저 퇴근해."

더 말이 길어질 것 같아서, 내가 혜주의 등을 떠밀었다.

"피곤했을 텐데, 얼른 가서 쉬어요."

"네."

그녀가 일행들과 인사를 했다.

노 과장이 물었다.

"이쪽으로 안 가요? 혜주 씨. 버스정류장 이쪽인데?"

이번에는 노 과장의 등을 떠밀었다.

"다른 볼일이 있나 보죠. 우리 먼저 가요."

'보면 모르냐! 인간아. 회식 내내 얼굴이 찌뿌듯하더구먼.'

내 추측에 노 과장이란 사람은 모태솔로였을 것이다.

오늘 자기 때문에 울기까지 했는데.

사람들과 걷다가 박 부장에게 말했다.

"저 잠시 볼일 좀 보고 오겠습니다."

"천천히 와도 돼. 자네가 할 일은 많이 없으니."

일행이 보이지 않을 즈음 그녀가 걸어간 길을 뛰어갔다.


회사에서 좀 떨어진 놀이터 벤치에 그녀가 앉아 있었다.

주변 가게로 들어가 바나나 우유를 샀다.

내가 옆으로 다가갔는데도 그녀는 멍하니 앞을 보며 생각에 잠겨 있었다.

벤치 옆에 앉아서 어깨를 톡톡 두드렸다.

그녀가 고개를 돌렸다.

"어? 성훈 씨. 안 갔어요?"

"소화가 잘 안 돼서요. 산책 나왔어요."

"그래요? 그렇구나."

"그런 거죠."

그녀의 무릎에 사온 바나나우유를 올려놓았다.

그녀가 눈으로 물었다.

'이게 뭐예요?'

그냥 웃었다.

"바나나 우유."

"칫!"

한동안 침묵이 흘렀다.

'서울도 달빛은 밝기만 하네.'

그녀에게 말했다.

"난 속상하면 달달한 게 땡기더라고요."

잠시 후, 그녀의 어깨가 들썩거리는 진동이 느껴졌다.

조용히 손수건을 꺼내 내밀었다.

'오랜만에 정장 입은 보람이 있네.'

나름 현재건설 본사에는 처음 오는 걸음이라, 완전 정장 차림을 하고 왔었다. 손수건도 물론이고.

첫 대면부터 후줄근하게 모습으로, 건설계의 엘리트들에게 꿀리기 싫었던 내 발악이었다.

가만히 울게 내버려 두었다.

아까 회식 때부터 참았던 울음이었다.

회식 내내 얼굴은 웃고 있었지만, 그게 만들어낸 거짓 웃음임을 어찌 모르랴.

손수건이 축축하게 젖은 뒤에야 그녀는 울음을 멈추었다.

그녀가 물었다.

"성훈 씨는요?"

'내가 속상할 게 뭐가 있다고.'

"마셨어요."

"언제요?"

"아침부터 계속 마셨더니, 이제는 속이 더부룩해요."

"피. 거짓말."

그녀의 모습을 보며 초라했던 나의 첫 직장 생활이 생각 났다.

몰라서 서투르고 어설퍼서 욕먹었던 그때가 말이다.

사회초년병들이 가장 많이 하는 생각.

'다른 사람들은 아무렇지 않은데, 나만 힘들어.'

어떤 사람에게는 꾸지람으로 단련되고 또 다른 사람에게 는 칭찬과 위로가 약이 되기도 한다.

"혜주 씨, 원래 처음이 힘들어요. 많이 아프죠."

그녀는 고개를 끄덕였다.

"그런데 그만큼 소중해요."

과연 그녀가 동의를 할 것인가?

그녀가 무슨 말을 하는 거냐며 나를 흘겨봤다.

'당연한 반응이겠지.'

젊음이란 호르몬이 지배하는 시기라서, 대부분의 행동들 이 그 분비물의 영향을 받는다.

첫 키스의 느낌을 어렴풋이 떠올리는 사람은 있지만, 어떤 행위가 있었는지 기억하는 사람은 별로 없다.

그때의 감미로움은 남아 있지만, 어떻게 그 느낌을 이끌어 냈는지는 기억에 없다.

그때는 뇌가 녹아내려 기억에 없기 때문이다.

'하긴! 제정신으로 첫 키스를 하는 사람이 얼마나 될까?'

첫 키스 당시, 뇌에서 아드레날린이 콸콸콸 쏟아져 나왔었 다는 것을 기억하는 사람은 알 것이다.

그것이 얼마나 소중한 경험인지.

'그리고 그 경험은 단 한 번뿐이라는 것도.'

두 번의 세 번의 키스도 황홀할 수는 있지만, 처음의 그 느 낌을 따라잡지는 못 한다.

첫 경험도 마찬가지다. 살면서 여러 번 혹은 수천 번의 오 르가즘을 경험할 수도 있지만, 맨 처음의 가슴 두근거림을 능가하지는 못한다.

그리고 대부분 기억하지 못한다.

모든 첫 경험을 스스로 인식하고 진행할 수 있다면 완벽하 게 똑같지는 못할지언정, 그 경로를 따라갈 수는 있고 완벽 한 첫 경험에 근접할 수는 있다.

그것은 사람마다 다 달라서 남이 설명한다고 알 수 있는 것이 아니다.

첫 출근의 두근거림과 박동 소리.

그 심장에 새겼던 자신감, 그리고 미래의 희망.

'세상이 내 능력을 인정할 거야. 모든 사람이 내게 반하고

말 거야.'

그리고 첫 환상의 무참한 깨어짐.

자신의 무지와 나약함을 깨닫게 하는 상사의 첫 꾸지람.

'그때는 누구나 자신이 병신처럼 느껴지지.'

치욕, 온몸을 뒤틀리게 만드는 모욕감.

기억하고 있다면 두 번 다시 당하지 않기 위해 기를 쓸 것이다.

그러나 다행스럽게 인간은 망각으로 인해, 다시 꾸지람을 듣고 또 실의에 빠진다.

그리고 이렇게 생각한다.

'세상에 나보다 힘든 사람은 없을 거야.'

여성들은 남성보다 그 느낌이 강하다.

남자들의 대부분은 그것이 헛소리라는 것을 군대에서 깨닫고 나온다.

'아파니까 청춘이라고? 무슨 뻘소리냐!'

아픈 것밖에 기억 안 나는 게 청춘이다.

설명도 해주지 않으면서 틀렸다고 말한다.

칭찬보다는 비난이 앞선다.

학교에서 배운 것들은 전부 쓰레기가 된다.

처음으로 사회의 쓴물을 마시게 된다.

그러나 정당한 논리를 앞세우지 못한다.

'결국은 싸가지 없다는 말을 듣게 되지.'

"혜주 씨. 선배들 꼴 보기 싫죠?"

그녀는 빙긋이 웃을 뿐 대답이 없었다.

"정말 꼴 보기 싫은지 확인하러 가 볼까요?"

"네? 지금? 금방 퇴근하신다 그랬는데. 지금 10시예요."

"일단 가봐요."

회사 근처에 다다랐을 때, 그녀에게 말했다.

"저기 불 켜 있죠? 지금 남아 있을 사람들은 우리 부서밖에 없어요. 내일 최 이사랑 한판 붙으려면 준비가 철저해야 하거든요."

"성훈 씨는 어떻게 알았어요?"

"아까 얘기를 들어보니, 요즘 맨날 야근한 거 같던데, 몰랐어요?"

"진짜요?"

그녀가 눈을 동그랗게 뜬다.

"당연하죠. 미안하죠?"

"그러네요. 전 그것도 모르고. 노 과장님 냄새 난다 생각했는데."

"노 과장 냄새는 자기가 잘 안 씻어서 그런 거죠."

"어쩌죠."

"어쩌긴요. 미안하면 올라가서 부장님 어깨라도 주물러 드리세요."

"저 부장님 무서운데."

과장도 무서워하는데, 부장은 또 얼마나 무서우랴.

'노 과장에 비하면 보살이더구만. 보살.'

"혜주 씨, 삼촌들 어깨 주물러 드린 적 있어요?"

"네, 가끔."

"삼촌이라고 생각해요."

아버지 나이 또래인데 어색할 게 뭐 있는가?

정 어색하면 눈 한 번 딱 감고 들이 밀면 된다.

처음이 어렵지, 두 번째는 일도 아니다.

"당신 같은 미인이 주물러 주는데 싫어할 사람 아무도 없어요. 내 말이 맞아요. 중년은 내가 잘 알아요."

동네 슈퍼에 들러서 간식거리를 사서 올라갔다.

그녀를 보면서 웃었다.

"빈손으로 가면 환영을 못 받겠죠?"

승강기에서 내렸을 때, 그녀의 어깨는 다시 처져 있었다.

철썩.

그녀의 등을 때렸다.

"아얏!"

"어깨 펴라고요. 자세가 잡혀야 용기도 나온다고요."

그녀는 크게 심호흡을 했다.

지금 그녀는 생글생글 웃으며 박 부장의 어깨를 주무르고 있다. 그리고 박 부장은 정말 보살 같은 웃음을 짓고 있다.

노 과장이 투덜거렸다.

"에이, 누구는 우리 팀 최고 미녀가 주무르는데, 나는……."

그러면서 뒤를 쳐다본다.

'으이구, 이 화상아.'

"선배님. 눈 버립니다."

뒤돌아보는 그의 목을 원래대로 앞을 보게 꺾었다.

아주 강하게.

으드득!

"윽!"

그의 입에서 짧은 신음이 터져 나왔다.

그가 뭐라고 하기도 전에 말을 이었다.

"눈은 미녀를 봐야죠. 안 그래요? 선배님."

그리고 혜주에게 동의를 구했다.

"그죠. 혜주 씨."

넓더란 박 부장의 어깨를 주무르면서도 그녀는 내게 환한 미소를 보냈다.

내일이 되면 또 꼴 보기 싫은 사람이 되어 있을 것이다.

'하지만 다시 다가가기는 훨씬 쉬울 테지.'

그리고 밤새 우리는 최 이사를 맞을 준비를 했다.

"잘 있었나, 박 부장."

오랜만에 보는 최 이사였다.

그는 이빨을 드러내며 웃고 있었다.

to be continued

온후 현대 판타지 장편 소설

# 던전사냥꾼

## Dungeon Hunter

나는 실패했고, 다시 도전한다.
더 이상 실패란 없다!

마왕이 되고자 했으나 실패한 랜달프
생의 마지막 순간
과거로 돌아오다!

다시 한 번 주어진 기회
이제 다시는 잃지 않겠다!

지구에 나타난 72개의 던전과 그곳의 주인들.
그리고 각성자들.
나는 그들 모두를 잡아먹는 사냥꾼이다.

Wish Books

우지호 장편소설

# 빅 라이프

돈도 없고 인기도 없는 무명작가 하재건,
필사적으로 글을 써도
절망뿐인 인생에 빛은 보이지 않는데…….

어느 날,
그가 베푼 작은 선의가
누구도 믿지 못할 기적이 되어 찾아왔다!

'글을 쓰겠다고 처음 결심했던 때를
잊지 말게.'

무명작가의 인생 대반전!
지금 시작됩니다.

# KILL THE DRAGON

# 킬 더 드래곤

백수귀족 현대 판타지 장편 소설

## 인간 VS 드래곤

지구를 침략한 드래곤!
3년에 걸친 싸움은 인간의 승리로 돌아갔지만
15년 후,
드래곤의 재침공이 시작되었다!

드래곤을 죽일 수 있는 건 오직 사이커뿐!

인류의 존망을 건 최후의 전쟁.
그 서막이 오른다!